Handbook for the Hopeless

Kyohei Sakaguchi

絶望ハンドブック

坂口恭平

エランド・プレス

絶望ハンドブック　坂口恭平

絶望ハンドブック　目次

カバー・本文写真　細倉真弓

はじめに

9月5日の朝に鬱が明けた。

睡眠薬を先生にもらって、今まで1年くらい飲んでいなかったけど、ここ3日間飲むようになった。すると、久しぶりなこともあって、しっかりと眠ることができた。おそらくくすりも効いたのだろう。それが3日続いて、3日目の9月5日の朝に、僕は体がラクになった。久しぶりに現実に戻ってきた。

もちろん、またあちらの世界に足を踏み入れてしまうかもしれない。それは心底、本当にきつい。

そして朝、久しぶりに、僕は「いのっちの電話」をやってみた。若い男の子で、話を聞いてみると、おそらく同じように躁鬱でこまっていて、今いちばんきつい状態のようだった。僕としては、まさに昨日まで経験していたことだったので、その渦中でこまっていたことを伝えた。彼は話を聞くと、「はい、それです」「そうです、同じ状態です」などと驚きながら言う。だからといって、「数日後にはきっとラクになっていると思うよ」と僕が伝えても、「いや、そんなことはないと思います」「もう二度と元には戻れません」と言う。

たしかに僕も同じことを3日前、先生に言っていた。妻のフーちゃんには毎日言っていた。

「僕はもう二度と本が書けない体になってしまった」

「絵も描けなくなってしまった」

「というか、もともとなにかをつくりたいわけでもなかった」

そんなことを言っていた。

しかし、今は違う。

このとおり、僕は、本を書きはじめてしまっている。しかも、これは義務ではなく、とにかく書きたいと思って書いている。これくらい変わってしまう。

もちろん、これをこまっている彼に伝えても、理解してはもらえなかった。僕は彼の父親と話し、躁鬱に関しての情報を伝えて、彼自身には、彼が「今、唯一したいと思うことはある？」と聞いた。「プールだったら行けます」というので、「じゃあ、行ってみようか」と伝えた。

だが、僕もそれはわかるのだが、この状態のとき、人は外に出ることができない。彼もやはりそうだと言う。周りからなんと思われているかを極度に気にしてしまうからだ。これをだれか元気な人に伝えても、「なに、言っているんだ。君のことなんか人は1ミリも見ていないよ」と言うかもしれない。それは僕もわかる。ただし、今ならばだ。調子が悪いときは、それが理解できないのだ。なので、僕はまったく外に出られなくなる。あれは本当にきつい。

彼は、僕と症状がまったく同じであることに驚くとともに、安心もしたようだった。それまでは、世界で唯一、自分だけがこの問題にこまっているような不安を感じていたが、そうではないということがわかり、「すこしだけ心が軽くなりました」と言って、御礼とともに自分から電話を切った。そして、僕は、昨日鬱が明けた瞬間に思ったことをはじめた。

つまり、この本を書きはじめることにした。

これは、鬱状態のどん底にいるときのいちばん苦しい自分を助けるための本にしたいと思う。

今、僕は、僕でいることについていくらか自信を持っている。だが、鬱になると、この自信が揺らいでしまい、たいへんなことになる。

今は大丈夫だ。僕は僕で、そのままでいい。よいところもあるし、だめだなと思うところもある。けっして自分のよいところだけを見て、自信を感じているわけでもない。だめなところもあるけど、それでもいいと思える。

そして、周りには大事な人たちがいると感じられることも自信になっている。これは人の目を気にした自信ではなく、自分が生きていくための助けになる自信である。

この自信が緩やかなエンジンのようなものとなって、僕は生きている。

しかし、鬱のどん底にいるときの僕は、これが完全に失われてしまう。

なぜ失われるのかはわからない。今から考えていければと思う。

自信がなくなると同時にやってくるのが、自己否定である。

それも、とんでもない量のとめどない自己否定だ。これが本当にきつい。なにをやっていたとか、うまくいったとか、そういったすべてを無視して、完全な自己否定を突きつけてくる。

この自己否定をインターネットの記事風にしてみると、「白黒思考」『0か100か』でしかモノを考えない人」みたいな感じだろうか。だが、そんな単純な話でもない。また、性格の問題でもないような気がする。なぜなら、僕は今、「0か100か」で思考していないからである。まあ、よいところもあれば、だめなところもある、と感じている。不安なところもあれば、いや、ここは大丈夫だなと安心しているところもある。

とにかくあの鬱状態のどん底にいるときは、どうしても自己否定に入り込んでしまう。そして、これがとにかく止まらない、すこしでも休憩してくれたらいいのだが、いっさい止まらない。これがかなりしんどい。

このとき僕は死にたいと思う。もちろん死なないが、苦しすぎてそこから逃れたいのに、この思考回路が止まらない。いっこうに終わる気配がなくて、もう自分が完全に壊れてしまったとしか考えられないから、死にたいのである。

いつ死んでもおかしくない状態ではあるが、妻の顔や子どもたちの顔、しかも、僕は

「いのっちの電話」までやってしまっているので、そこで電話をしてきた人たちの顔が浮かんで、ここで死んだらとんでもないことになるなと思う。でも、ほとんどの人のことは考えられなくなる。とにかく、もうすべてだめになって、ボロボロになって、頭も使いものにならない。路上で暮らすことになってもいい、とりあえずすべてを投げ打ってもいいから、死ぬのは、今日はあきらめよう、明日になってから考えよう。こんな感じで、なんとかその日を切り抜ける。

といっても、本当は切り抜けることができていない。死ぬことをあきめたら、今度は、さらなる自己否定をサンドバッグ状態で受けることになる。どうにかスマホのメモ機能を使って、「今日は自己否定をしないようにしてすごしてみよう」と書いてみるのだが、止めることはできない。止めようと思えば思うほど、逆にこだわることになり、次々と自己否定が続く。しかし、死ぬわけにはいかない。もう、どうにかしてくれと思う。なにをしていても苦しい。生きている心地がしない。

この状態をなんとかしたい。

これが、僕が鬱を発症した29歳からの願いだ。しかし、どうすることもできなかった。

僕は躁鬱を抱えながら生きるにはどうすればいいのか、ということに関して何冊も本を書いてきたし、それなりに面白いものも書いてきたと感じている。だが、この鬱のどん底のときの自分を助けることが、どうしてもできない。

僕は、どうにかして、あのまたやってくるかもしれないどん底のときの僕が読めるような本を書きたい。

そう思えるということは、それなりに元気だということだ。でも、元気を出しすぎても、きっと、あのときの僕には通じない。笑い話を書いても笑えないし、気楽に行こうぜと言っても、そんなことではすこしもラクにならない。

そして、今では悲しいかな、あのときの僕の記憶はなくなりかけている。

完全に解離したわけではない。なにをしていたかという行為の記憶はある。しかし、どうしてそういうことをしていたのかという感情の記憶がほとんどなくなっている。

いや、今のところはまだ鬱明けしたばかりだから、すこしは残っているかもしれない。

だから、今のうちに書いておきたいと思う。

死なないためのハンドブック。

それが今回の執筆の目的だ。

とにかくあの絶望しているときの自分に向けて書いてみたい。なので、かならずしも読みやすい本にはならないと思う。でも、逆に、だからこそ伝わることもあるかもしれない。

正直、恥ずかしすぎて、書きたくないなという気持ちもある。

でも、とりあえず自分のためなのだから、気にせずに書いてみよう。いやなら、あとで消せばいいだけだ。

第1章 絶望の分析

絶望へのアプローチ

これから「絶望ハンドブック」と題して、僕がこれまで感じてきた絶望についての話をしてみたいと思います。

絶望とはなにかということを哲学的に考えるというよりも、僕が絶望したときに、どうやってそれをしのいだのかということを、できるだけ実践的に書いてみたいのです。

もちろん「絶望」とひとことに言っても感じることは当然、人それぞれ違います。

そこで頼りになるのは、僕がこれまでに感じてきた絶望しかないわけですが、僕の場合はすこしだけほかの人と違うかもしれません。なぜなら僕は、「いのっちの電話」という名前で、自分の携帯電話の番号を公開し、２０１１年頃から、死にたい人からの電話を受けつづけてきたからです。死にたい人は、じつは、本当に死にたいわけではありません。もちろん、嘘を言っているというわけでもありません。死にたいくらい苦しい、こんな苦しみがこれ以上続くなら、もう死んでしまったほうがいい、ということです。

この本では、この状態、つまり、死にたいほど苦しいという悶絶状態にあることを、

「絶望」と名づけてみようと思います。

僕自身、何度も自著に書いてきたとおり、双極性障害、いわゆる躁鬱病を患っていまして、最初に診断されてから10年以上が経過しています。

躁鬱病とはつまり、元気なときは人一倍幸福を味わい、鬱になるとだれよりも絶望してしまう病気です。

ただ、躁鬱病が本当に病気なのかどうか、僕ははっきりとはわかっていません。僕は以前、『躁鬱大学』という本を書いたのですが、そこでは精神科医・神田橋條治医師の「躁鬱病は病気というよりも体質である」という言葉を引用しました。

病気というよりも体質だと考えると、しっくりきます。躁鬱的体質は、のびのびしているときは本当に体がラクです。凪の海みたいにゆったり広々とできます。ところが、窮屈なところにいると、小さい箱のなかに入っている水みたいに波が大きくなってしまうのです。

この感覚を学ぶことで、すこしずつ僕は、自分の特性を生かしつつ、のびのびできることだけを選ぶようになりました。ちょっと窮屈だなと感じる場所からはすぐに立ち去って、気持ちよい場所に行くという生活になっていきました。そうすると、やっぱり波は起こりにくくなりますし、波が立ったとしてもそこまで大きくなりません。

僕は、躁鬱病という考え方を躁鬱人の体質であると見なし、できるだけ気持ちがラクでいられるように、やりたいことは飽きるまでやって、飽きたら気にせずその場でスパッとやめるという、ちょっと社会人としてはどうなのかと思われるような方法で、躁鬱の波をすこしずつコントロールしてきました。一時期、通院はしても、薬は飲まなくてもよくなったりしていました。

現在の状況はどうなのかというと、躁鬱の波自体は消えることがありません。それは海と同じようなものですからかまいません。波は自然と起きるものです。狭く窮屈な思いをしなければ、波は自然と凪《なぎ》に戻っていきます。

最近は、月に一度、3日間くらい鬱っぽい状態になる、というペースになりました。月に一度、3連休があると思えば、まあ、それは普通の休みみたいなものでもあります。

もちろん、鬱のときは3日だろうと、とてもきついです。でも、3日で終わるということは、元気なときにもむりをしなくなったということでもあります。つまり、上がったぶんだけ、しっかり下がるんですね。自分という箱をできるだけ広々としておくと、波風が立たないようになります。

そんなわけで『躁鬱大学』を書いたあと、僕はかなり、自分でも驚くほどにラクになっていきました。

しかし、2022年の8月——今、これを書いているのは9月ですから、つい先月のことですが、僕は1年ぶりくらいにとても深い鬱を経験しました。

僕は今でも薬は飲んでいませんが、それでも月に一度は精神科の病院に通院して、定期検診を受けています。主治医は、今回の鬱に関して、次のような推測を立てました。

「この深い鬱は突発的でイレギュラーなものである。なぜなら今年はとてもよくやっていた。自分の躁鬱的体質を理解し、今では100パーセント躁状態みたいになることはなく、思ったら即行動することもせず、周りとも相談しながら、でも窮屈にはせずに、できるだけ伸び伸び疲れずにできるようにやってきた。だからこそ、月に一度の鬱はくるが、その鬱は3〜5日間ほどであり、けっして重症化することがなかった。本当にそれはよくやっていた。

今回は、おそらく夏特有の原因があるのではないか。つまり、小学生と中学生のふたりの子どもたちが夏休みに入り、子どもとはたくさん遊んであげたいと思っているあなたは、作家という職業柄、一日中家にいるために、ついつい父親としていっしょに遊んであげたいと思った。それ自体はたいへんよいことだが、それがすこしずつ、世話をしなくてはいけないというふうに変化していき、それが続くうちに窮屈さを感じたのではないか。実際、途中で子どもたちふたりが妻方の実家に泊まりにいった数日はとても元気だったという。だから、今までの方法が失敗だったと落ち込まないでほしい。むしろ、今までの方法はよくできていて、それは継続したほうがいい。ただ、今回は夏休みというイレギュラーなものである。対策さえ立てれば、問題はない。むしろ、今はよくやっているので100点満点。当然ながら、日々変化していくので、こういうことも起こりえます」

この主治医の推測は当たっているかもしれない、と僕は思いました。

たしかに、かなり疲れがたまってしまっていたのでしょう。僕は子どもたちと遊ぶのが仕事よりもなによりも好きです。だから、好きでやっているぶんにはよかった。でも、それが夏休みだと長く継続するんですね。

僕は、行き当たりばったりで生きると気持ちがラクなのです。だから、あっちにフラフラ、こっちフラフラしている。そこがちょっと窮屈になってきた。気づけば、小さな箱のなかに入ってしまって、それでも父親としてがんばらなくてはならない、といつもとは違うノリになっていった可能性が高い。

そして、その鬱が本当に深かったんですね。しかも、久しぶりでした。主治医によれば、昨年8月にも同じような深い鬱になっているとのことで、やはり夏休みになると、僕はついサービス精神旺盛にがんばりすぎてしまうみたいです。

バケツの水がカラカラになってしまった。充電する必要があるわけです。そのための鬱であることは、頭では理解できます。しかし、これが本当に苦しくて、久しぶりに、死にたくなってしまいました。つまり、絶望状態です。しかも、ここ最近は3日間ぐらいで治っていたものだから油断しました。今回、1ヵ月まるまる続いてしまったのです。本当に苦しかった。

今、これを書いているということは、無事にそこからは抜け出して、元気になったのですが、絶望状態のときは24時間ずっと息が苦しく、どうしたらいいかわからず、焦燥感は消えず、寝ていたいのに、頭のなかでは自己否定が縦横無尽に走りまくり、とてもだれかといっしょにいられる状態ではありませんでした。そのような状態が1ヵ月間、寝る間もなく続きました。

先ほど、躁鬱の波の操縦ができるようになってきたとは言いましたが、まだ僕にできていないことがあります。それは、この絶望するほどつらい状況になったときの自分自身を助ける、ということです。

これが本当に難しい。

これを読んでいる人はおそらく一度は絶望を味わったことのある人たちが多いでしょうから、僕の言っていることも理解してくれるのではないかと思います。あの苦しいとき、すこしでもラクになる方法があるといいなと思ってはいても、簡単に見つけることはできません。

僕は鬱のときにどうすればいいのかという対処法をずっと考えてきました。しかし、そのほとんどが失敗に終わってきたと言っても過言ではありません。

元気なときに、「鬱の自分に向けて手紙を書く」「ビデオレターをつくっておく」など、どうにかして鬱になったときの対策を施しておくのですが、一度も効果的だったことがないのです。これは悲しい事実です。

深い鬱に入っている僕は、どんなときも自己否定を止めることができず、毎日苦しみながら、苦しいならすこしでも自分をラクにしてあげればいいのに、逆に寝込んでいる自分を言葉で攻撃してしまい、今考えるとかわいそうだなと思うくらいに自己否定をしてしまいます。

ほかのことであれば、なんとか上手くコントロールする術を覚えてきましたし、それは僕の自信にもつながっています。しかし、です。どうしても、あのいちばん深い鬱のときの絶望状態にある自分を助ける方法がわからないのです。

だからこの本も、上手くいくかどうか自信はありません。

元気なときの僕の言葉は、絶望している彼（つまりは僕ですが）には届きません。でも、それを試してみたいと今、思っています。

試してみたいと思ったら試す。これは僕の健康法でもあります。

絶望とはなにか

まず、僕の絶望状態について、思いつくかぎり書いてみることにします。

今はその最中ではないので、わからないところもあるのですが、じつは僕は、この深い鬱のときにどうにか原稿を書いています。

なんだ、原稿は書けるのか、それならいいじゃないか、と思われるかもしれませんが、その逆でして、なにかを書いたりすることなしに現実と向き合ってしまうと、自殺しそうになってしまうのです。どうにかそれを回避し、正気を保つために書いています。

「(現実との)接点を保つために」

これは、僕が深い鬱のときに唯一参照できる小説家、ベケットの言葉です。

僕は絶望しているとき、ほとんど読書ができませんが、それでもどうにかこの状態を回避できないかと探した果てに、どうにか読める本に何冊か突き当たりました。そのうちの一冊が、『ベケット伝』というベケットの伝記です。

それで僕も、現実との「接点を保つために」どうにかこうにか原稿を書くのですが、これが「つらい、苦しい、自分のここがだめだ、あそこがだめだ」ということしか書けません。こんなことは書かないほうがいいと思うし、実際、書けば書くほど苦しくなるのですが、それでも書かずにぼうっとしていることのほうがつらいので、つい書いてしまいます。

でも、むだな行為かというとそうでもなく、発表するアテはありませんが、それでもあの深い鬱のときに僕がいったいどういうことを考えていたのかを、この文章から僕自身が感じることができます。何度もくり返すように、絶望状態のときの自分の感情の記憶が、今の僕にはまったくありませんので、書いた原稿を参考にするしかないのです。

それをここでそのまま公開することはしませんが、その文章を今、読みながら、絶望状態のときの僕の様子を、ある程度細かく書いてみることにしましょう。

「絶望」とひとことで言っても、僕が感じているのは、絶望には段階があるということです。言い換えると、絶望は格づけができます。格づけ、というと冗談のように聞こえますが、もちろんこれは自分のために考えていることです。

絶望に対して、できるだけ客観的な視点を保つために、格づけをする必要があるのです。これは今、思いついたことなので、あとで詳しく考えてみたいと思います。

まず言えるのは、「絶望」をひとつにくくることはできない、ということです。

絶望にもさまざまな種類があり、段階があり、「問題がない絶望」や「危険な絶望」もある。そして、「危険な絶望」から「完全な絶望状態」に入ってしまうと、自殺に至る可能性が高くなります。もしくは「完全な絶望状態」とは、すなわち「自殺」ということなのかもしれません。

自殺という言葉を目にすると、過剰に反応してしまう人もいるかもしれません。僕もそれは気になっています。しかし、僕のなかでは、「自殺しないようにする」という目標があるため、この言葉を避けては通れません。なので、ひとまずはそのまま書いていきます。

なにせ、僕自身にもまだ絶望状態の自分を助ける方法がわかっていません。この本は「ハンドブック」を謳《うた》ってはいますが、正直、試行錯誤の状態です。今の僕は、絶望しているときの僕がまだ助けられていないのです。

自分で自分自身を救う。それがこのハンドブックの目的ですが、とても難しさを感じています。


次に、絶望状態にあるとき、僕がどのような1日を送っているか、ということを簡単に書いてみましょう。

これを書くのは恥ずかしさもあります。実際、絶望状態にあるときは、僕は自分の1日のことを人に話したりすることができないと思います。これは妻に対してさえも（つまり、いちばんだれよりも僕の絶望状態を見ているはずの人にも）言えないところがあります。

しかし、この本には具体的な行為の記録が必要な気がしています。緊張しますが、すこしやってみましょう。


まず、眠れていません。

もちろん、24時間ずっと起きているわけではないのですが、普段は9時すぎにぐっすり眠るのに、このときになると、午前2時頃までは眠れません。

でも、眠らないのもしんどいですから、横にはなっています。

完全な絶望状態に入っていく前に、4、5日ほど時間があります。

僕は躁鬱ですから、鬱に入る前にかならず元気になっています。波の絵を思い浮かべてもらうといいかもしれません。つまり、どこかで躁状態のピークのようなものがきます。そこまではいいのです。なぜなら最近は何事も、思い立ってすぐに行動ということは控えるようになり、どんな行動でも、実際に動く前に企画書のようなものを書く習慣を身につけました。なので、そこまでピークが異常に高いということはないんですね。

つまり、躁はほどほどのピークを迎えます。しかし、その翌日からが速いのです。

「あれ？　なにかおかしいな」

そう気づくと、もうあっという間に、どん底近くまで降下してしまいます。

忘れないうちに細かく書いておくと、このピークを過ぎてからどん底に落ちていくまでの急降下がきついので、そこでの調整が必要になります。

ピークを過ぎてからはあまりアウトプットができなくなっていきますが、あせらずに気持ちを落ち着かせて、ゆっくり階段を一歩ずつ降りていくように、気分の底のほうに歩いていくのです。これが上手くいくと、絶望ではなく、いちばん体の動きが遅くて緩やかな状態、つまり、「休息」に至れると思います。

ここはまだカンです。大事なポイントになりそうだなと感じたので、とりあえず書いておきました。

そして、現実は違います。ピークまではいいが、そこを過ぎるとあせってしまい、気づいたときにはもう絶望状態に入ってしまっています。その間、おそらく半日ほど。

といっても、格づけ的には、その時点ではレベル1ぐらいの絶望です。まだ死のうとは思わない、人に会えないわけでもない絶望です。しかし、自己否定ははじまっています。

絶望に見られる思考

僕は今、絶望しています。

数日前までは違ったという記憶があるのですが、それはもうぼんやりとしています。そして、そのぼんやりとした記憶は、別の記憶によって塗り替えられようとしています。今までも同様にずっと絶望していた、という記憶です。

今はまだ完全に侵食されたわけではありません。数日前までは、体を起こして、普通に仕事をしていましたし、人にも会ったりしていました。きつくはあっても外を散歩することもできていた、という映像も残っています。

でも、もう心は完全に、別の記憶にすり替わってしまったかもしれません。

なぜなら、そうやって、苦しくもそれなりに生活をしていたときの自分を思い出しては、「心のなかでは、本当は絶望していた。絶望しているのに、ひたすらむりをしていた。しかも、それはここ最近だけではなくて、僕の人生すべてにおいて通じる問題で、僕は幼い頃からずっと絶望していた。それなりにいい感じに過ごしてはいたけど、それは仮の姿で、本来の僕はいつも絶望していた。ひとりのときは、電池が切れたロボットみたいに倒れ込み、不安にさいなまされていた」と思いはじめています。

これはこれで極端な思考ですが、それを「やりすぎだよ」とつっこめる自分はもうとっくの前にいなくなっています。つっこむどころか、この極端な意見に、自分も同調して、

「やっぱりそうだったんだ」と消極的な言い方ですが、断言している自分がいるのがわかります。こうなると、もう止まることがありません。

この状態だと、布団に入っていても、寝てはいられません。寝ているとは、なにもしていない状態ですから、手持ちぶさたであり、無防備とも言えるはずです。それならさぞかし休息になるだろうと健康な人は思うかもしれませんが、絶望状態にあるとき、横になっていても、じつはまったく休めていません。

まったく、というのは言いすぎかもしれませんが、自分で自分のことを悪く言う行為が激しく続いていますので、寝ているかぎり、無防備なままでその攻撃を受けつづけることになります。1日が経過したあと、残っているのは、苦しかったという疲労感しかありません。横になっていたのですこしは休めたかもしれない、などと思えたらいいのですが、僕の場合、絶望状態ではそんなふうに思えたことは一度もありません。ただひたすら、自己否定が朝から夜まで途切れることなく続いてしまいます。

そんなわけで、絶望状態のときには安心して眠ることができません。しかも、眠れないからといって、あきらめて外に出て散歩することもできません。外にまったく出られなくなってしまいます。

人の目を気にしているんでしょうか。たしかにそれもあると思います。おおいにあると思います。しかし、それだけではないような気もします。

絶望状態のとき、外は情報量が多いと感じています。視覚だけではなく、外の情報を全身で感知します。だから外に出ると、なにも見なくても考えなくても、それだけでとんでもない量の情報を皮膚が受けとるので、疲れてしまうのです。僕が外に出ないのは、ただ人目に晒されたくないというだけではなく、この外の情報をできるだけ取り込みたくないという気持ちも現れているのではないか、と感じます。

寝ていられない。

外に出て、美味しい空気を吸うこともできない。

では、家のなかでなにか作業でもしていたらいいのではないか。たとえば、そこまで頭を使わないでも読める漫画を全巻ゆっくり読破でもしたら、眠れない時間をむだにしなくてすむ、なんてことを考えるかもしれません。

僕は元気なときは、そう考えるんですね。これを書いている今は、絶望状態ではなく、あくまでも絶望状態を思い出しながら書いています。だから自分でも、そんな助言をしたくなります。今回であれば、1ヵ月もの間、ほとんど仕事もせずに寝て過ごしたわけで、そんな時間があるなら、どれだけ本が読めたか、漫画が読めたか、映画が観られたか、研究したいことだってどれだけでも調べられたはずだ、みたいに元気なときの僕なら考えます。時間がもったいないとすら思っています。

しかし、絶望状態にあるときに、そんなことはいっさいできません。ゆったりと趣味に没頭するなんてことはできないのです。

傍目から見れば、絶望状態の僕は、ただ寝ている人です。ちょっといじわるな人には、サボっている人みたいに映っているかもしれません。仕事がしたくないから、そんなわがままを言っているんだろう、と。しかし、それはあくまでも見た目です。実際はただ寝ているわけではないのです。

しかも、眠れているわけではありません。眠れない、動けない、外に出れない、それなのに、自分はだめだと自己否定が24時間継続的に、多少の波はありますが、ひたすら続きます。

元気な僕ですら、絶望状態の僕はただ寝ているだけだと思ってしまうことがあります。本人ですら、絶望状態から離れると、そのときの感覚も遠くなってしまう。ましてやほかの人には、ほとんど理解すら難しいのではないでしょうか。

絶望状態の僕はただ寝ているだけのように見えていますが、実際は違います。

そして、ただ自己否定を繰り返している人でもありません。人目を避けていたり、対人関係で悩んでいる人でもありません。これからの未来が不安で、押しつぶされそうになっている不安障害の人でもありません。

こういった視点はすべて、なにもしなければ何事も起こらないと思い込んでいる「現実」からのものです。元気な僕が存在している「現実」と、絶望状態の僕が寝込んでいる布団のなかは、同じ地表面にはあるかもしれませんが、実際には、まったく異なる世界に属しています。

なぜそう思うかというと、元気なときに僕があのときの絶望を振り返ろうと思っても、どうやっても、どんな記録を残しておいたとしても、心が別の状態になっていて、まったくの別の世界の住人といっても過言ではないからです。それくらいに心の記憶がつながっていません。

もちろん、視覚などの記憶はつながっています。ですが、この絶望状態を現実の布団のなかという設定で話を進めていくと、どうしても行きづまってしまうのです。

ですから、すこし喩え話が必要かもしれません。

現実とは別の世界に行っている、ということが理解できればいいので、シンプルにいきましょう。

ここでは、山として考えてみます。

人間はなぜか登山をします。しかも世界最高峰のエベレストの山頂を目指す人もいます。

ある人が酸素ボンベを持って、空気が薄く、人間が生存できない領域に向かって、足を進めています。そして最後の頂上へのアタックで、命からがらテントのなかで眠れないけれど、体をどうにか横にして休息しているときに、その人に対して、だれもこんなアドバイスはしませんよね。

「眠れないなら、漫画を全巻読破してみたらどうですか」

もちろん、その人は山の頂上付近にいるので、現実の世界で生活している僕たちは、その姿を目で見ることはできません。

絶望状態とは、この酸素が薄い山頂へと登っている状態に似ていると思うのです。見た目はただ、布団で横になっている人です。家のドアを開けて、部屋に入れば、だれでもそんな僕の姿を見ることができます。

でも、これも実際はできません。だれも見ることができないのです。なぜなら、だれも僕の部屋には入れないからです。

僕の場合、妻だけが1日に2回、僕の部屋のなかに入ってきます。そして、おにぎりと味噌汁だけを置いていってくれます。それ以外、現実世界の人と会うことはありません。

おそらくこれを読んでいるあなたも、完全な絶望状態のときは、だれとも過ごすことができず、ほぼひとりでいるはずです。この状態は、まるで登山です。しかも、かなり険しい雪山です。失敗すれば死もありえることを考えると、エベレストの山頂を目指している登山家みたいなものだととらえていいのではないでしょうか。

僕は、元気なときの僕と、絶望状態のときの僕、それぞれ僕同士のうまくいかないコミュニケーションや、記憶の断絶を何度も経験した結果、そう思うようになりました。

登山家は、太陽に近づくように、上へ上へと登っていきます。

一方、絶望状態にある人は、イメージとしてはその真逆です。地中深く、さらに深く、マグマへ近づくように下降していくアスリートです。

アスリートなどと呼ばれるのは恥ずかしいと思う人もいるかもしれません。

しかし、詩人・画家であるアンリ・ミショーは『夜動く』という詩集に、こんな言葉を書きつけています。

「ベッドのなかのスポーツマン」

この言葉が、僕の感じていることに近いかもしれません。

第2章
絶望の渦中で

絶望状態の苦しみ

ここまで書いてはみたが、現在、僕は絶望の真っただなかにいる。

べつになにか問題が起こったわけでもない。ただ、すべて自分で問題にしているだけだ。否定的な考えが止まらないということでもある。自分で問題をつくって、入り込んでいく。すると、動こうという気がなくなってしまう。いっそ動かないと決めて布団に横になっても、考えは止まらない。なにかほかのこと、ネットやテレビや映画でも見ればいいのだが、それもできない。ただただ苦しいだけで、そうなると、もうどうしようもなく、死にたくなってしまう。

これがずっと続いてきた。20歳頃からだろうか。

でも、まだ踏みとどまっている。

僕はひとつ、やり方を見つけた。それは考えるのではなくて、「つくる」という方法だ。つくれば、どうやらひどいことにはならない。

とはいえ、つくっていてもむなしいのは変わらない。横になってみるが、寝ることはできない。疲れているというわけではないのだ。そしてまた、考えることがはじまる。

しかし、この考える行為はほとんど方向知らずであり、僕の場合、外には向かっていかないので、放っておくと、ただひたすら自分に向かってしまう。あれをどうしようかこれをどうしようか、などと考えるならまだいいのだが、そうではなくて、とにかく自分を否定する。自分を責めつづけてしまう。どうしてそうなるのか、理由はわからない。

そして、どうしてそうなるのかなんて考えている場合ではない。

とにかく止まらない。自己否定が止まってくれない。苦しいし、どうしようもできない。なぜこんなことになるか。どうにか外に出ようと思うのだが、こうなると、それはほとんど不可能になってしまう。

家にもいることができない。しかたがなく、仕事場に逃げ込む。それなら仕事をすればいいと思うのだが、それもなかなか難しい。

この「絶望ハンドブック」で書こうとしているのは、たったひとつだけのこと。

ひとりで自分を否定する行為はもうやめよう。

しなくていい。必要がない。

だめなものはだめかもしれないが、それは問題ではなくて、そこにとらわれていることが問題なのだ。

なにもしないですむのならそれでいいのだが、つまり、休んでいたいと思うならそれでもいいのだけど、どうやら力は半端なくて、とどまることを知らない。力はどこまでも溢れ出ていて、だが、なにをしたらいいのかわからない。僕はなにかをしてきたわけでもないし、なにかの興味があるわけでもない。自分をゼロだと思うのも、それはそれで極端だと思うが、今はしかたがない。

なんでも極端に考えてしまうので、「すべてうまくいかない」→「もう死ぬしかない」としか考えられないのである。

こんなとき、どうするか。というか、それが今なのだが、だから今、どうするかについて考えてみたい。

と、こうやって、いちおう文章にしてみれば、ぐるぐるしないのかもしれない。

僕は、きついときにそれでもバカみたいに文章を書いているのだが、それもとにかく自分のことを否定するばかりで、やればやるほど苦しくなる。

では、いったんやめてみる勇気を持ってみたらどうか。「どうせ、自分なんて」みたいなことをいくら書いてもしかたがないので、もうそれは書かないようにしてみよう。書くこと自体はいいと思う。どうせ、ひとりで、なにもせずにぼうっとするなんてできないのだ。

そもそも調子よければ、なにをしてどんなことで時間を過ごそうか、などということは1秒だって考えないですむはずだ。この時間を本当に自己否定だけに費やしてしまっていいのか。

いや、そうではないはずだ。この時間は、つくるためにあるのではないか。なぜなら、つくっている間は、自己否定にやられることもない気がするからだ。絵を描いたところで、いいとは思えない。だからいやになって、もう描きたくなくなるが、描かなくてもどうせ苦しいだけなのである。

ひとりで考え込んでも、なにひとついい結果をもたらすことがない。それよりも、なんだかわからないが、へんなものかもしれないが、それでも手を動かして、なにかをつくるほうがましで、つくっているかぎりはなにか生まれてはいる。そのための時間がたっぷりあると思えたら、このどうやって過ごしていいかわからない時間は、じつは無限につくることができる時間ということでもある。それでも、苦しいのは変わらないのだが、つくる苦しみのほうがまだいいのではないか。

それをせずに携帯でネットを見ていてもよけいに苦しくなるだけなので、本当にやめたほうがいい。だが、どうしてもそちらに引っ張られてしまう。つくってもむだだと思ってしまうから。

つくることはしんどい。でも、しんどいもののなかでは、じつはいちばんましだし、しかも時間が過ごせる。調子がいいときは、あれこれ動き回っていて集中することができないので、時間がどれだけあっても足りないと思っている、でも、逆に今は、時間があまっていると感じている。だから、絶望を感じているときというのは、じつは絶望状態ではなくて、時間が伸びている状態なのかもしれない。

時間がむちゃくちゃに伸びている。やろうと思えば、なんでもやれる時間がある。

しかし、ほとんどのことをしようとは思わない。

本当は今まで書いた原稿を読み返したり、完成させたりしたらすればよさそうなものだが、それも難しいと思う。前に書いたものがすこしもいいと思えないのだ。やればやるほど、苦しくなる気がする。だから、前につくったものは、放っておいてもいいのではないか。やるとしても、それは最後に残しておいたほうがいいかもしれない。

不思議なもので、なにかをつくることなら、どうにかできなくもないのである。たぶん、できると思う。できるのだからやったほうがいいし、疲れるまでやってみたほうがいい。眠れないなら、寝ずにやってみたらいいのではないか。でも、そうすると翌日たいへんだから夜10時ぐらいには寝ると決めて、それまではぶっ通しでつくりまくったほうがいいのではないか。

だれにも見せなくてもいい。1週間ぐらいそれを続けたら、おそらく治っていると思う。1週間でいい。心に決めて、つくりつづけると思って、なんでもいいから今までやってきたことを思い出しつつ、そのなかでやれてきたことを、とにかくやりまくってみたらどうだろうか。

それをやったら、満足を感じないまでも、時間を使っていることにはなる。それ以外に時間を使う方法を知らないのだから。

日課とかスケジュールとか予定とかではなく、このときになれば、とにかく朝から晩までつくりまくってみる。どうなるかわからないけど、これを試す以外、道はないような気がする。

でも、今はそれが道だとは思えない自分もいる。

ただひたすら苦しいだけ。苦しくてどうしようもないし、人から隠れて過ごそうと思ってしまう。人から隠れてどうしているかというと、どうすればいいのかどうすればいいのかと、わけのわからない苦しみにただ耐えているだけ。いや、耐えることもできないで、ただどうにか毎日、過ごしている。

とにかくなんでもいいから、毎日バカみたいにつくることをやりつづけたほうがぜったいにましだ。1週間と言わず、1年間やってみるのはどうか。これから1年間、文句も言わず、苦しいからやめたいとも言わずに、とにかくつくりつづけてみる。それで、本当に自分がやりたくないのかどうかを考えてみたらどうか。

僕は、自分に「もっとつくれ」と言っている。それ以外、時間を過ごす方法を知らないからである。それ以外の方法も知ってみたいと思うけど、難しい。きっと調子がいいときは、それができているのだろう。月に一度、数日やってくる。それでいい。そのときゆっくり味わえばいい。

でも、僕の本領はそこではなくて、とにかくよくわからないし、たいへんだけど、つくるしかない。つくる。つくりまくる。楽しいとか、そういうことではない。楽しいからやるようでは先に進まないというか、そもそも僕は「楽しむ」ということがどんなことかよくわかっていない。


しかし、これも今だけのこと。

元気なときはこんなことを考えないと思う。

だからといって、自分の病気はどんなものなのかとか調べないこと。調べてもしかたがない。それよりも新しいものをつくること。そちらのほうがいい。

苦しくてもあれこれ言わず、とにかく毎日、ひとつつくる。ひとつだけでなく、たくさんつくる。たくさんつくって、また別のことを試す。

大丈夫、僕の体はなかなか疲れないので、ひたすらやってみたほうがいい。それでいいのだと思う。そうやって自分でつくってきたのだ。

とにかく、つくりまくる。

音楽もそれでいい。今度の寺尾紗穂さんとのライブに向けて、音楽をつくってみよう。とにかくバカみたいにつくりまくる。それしかできないのだから、つくりまくればいい。でも、人にはそこまで迷惑をかけずにやりたいところ。人前での作業は、今はすこししんどいかなと思う。でも、それもわからない。今から寝ずにつくりまくったら、なにか変わるかもしれない。いや、寝ないのはまずいからやめておこう。

とにかく、つくる。

つくるときは、この現実とは違うものでいい。この現実とは違うかたちをつくってみるのはどうか。この現実ではないものをつくってみる。そんなに楽しいことではないし、たいへんだなと思うけど、でも、それでもつくったほうがいい。

脱出1日目

昨日の夜からおかしくなって、いてもたってもいられなくなり、家を出て、夜はアトリエで寝た。

家で寝たい。家族といっしょに寝たい。でも、おかしいし、苦しすぎるし、どうしようもない。

朝目覚めて、でも起き上がれない。横になっていても、考えるのはつらいことばかり。自分がどれだけどうしようもない人間か、そんなことばかり。苦しいし、たいへんだが、どうにもできない。もうすこし楽しくというか、そんなふうにやれたらいいなと思うけど、僕には難しいようだ。

人と会うのがすごく怖い。家族といるのも怖い、というか申し訳ない。こんなふうに怖がっている自分を見せるのが恥ずかしいのだと思う。

自己否定はマックス。死ねるものなら死にたい、と思っている状態。でも、そんなこと言っても、だれもこの状態を助けてくれるわけではないし、なんとか自分でやるしかない。

外に出て歩くのもいいけど、それも今は難しい。どうにかしたい。もう、なにかやるしかないんじゃないか、書くしかないんじゃないか、とすこしだけ思った。そして、この本の続きを書こうと思い立った。

とにかく休まない。休んでもきついことばかりで、どうしようもないからだ。

今、腹がへった気がする。外に買いに行ってもいいけど、それをしたくないのなら、しなくていい。外を歩くのもしんどいと思ったら、歩かなければいい。それでいいと思う。

僕のなかになにもたまっていないけど、なにかはあるんだと思う。でも、僕は自分がつくっているものを否定してしまう。

だが、つくれなくなったことは一度もない。

僕は小さい頃からなんの記憶もなくて、考えることもできなくて、なにかを好きになったこともないと思っている。それでもいい。何度でも、何冊でも、いくらでもつくることはできるんだから。なぜかそれだけはできる。つくりたいとかつくりたくないとかではなくて、手を動かしていないと危険、という感じ。

元気なときは、そんなふうに危険は感じていない。でも、そのかわりつくる気が本当にあるのかというと、そうではないのかもしれない。もう自分のことを考えるのはやめようと思っても止まらないので、いくらそうなってもいいように作品をつくる、ということなのかもしれない。

つくるだけつくりまくってみて、それでも疲れていないことは発見である。

まったく疲れていない。自分について考えることについては疲れているが、つくることに関しては疲れていない。

つくれなくなるとしたら、どういうことなのか。

今はつくろうと思えているので、もしかしたら絶望状態ではないのかもしれない。なぜだかはわからないけど、今はつくることに関しては絶望していない。

いや、つくることに関して絶望してたのではないか。これからもずっとつくっていく人生なんて、それでいいのかどうかわからない。というか、ぜんぜん面白くないと思っていたのではないのか。だが、すでに気持ちの変化がある。

どうすればこの症状を止められるかと考えるのではなく、そんなことを考えていても、ただひたすらきついだけなので、どうにかしてでもつくる。バカみたいにつくりつづける。つくること自体もむなしくなっているはずだが、それでもつくらないままアトリエで落ち込んでいるよりはましな気がする。

ひとつずつ確認してみよう。

躁鬱でこまっている。

しかし、躁鬱はたいへんだけど、つくることには関係ない。むしろ鬱のときのほうがつくることに集中できているかもしれない。

いい悪いは別として、思考が止まらない。

止まらないというか、思考がどこに行ったらいいのかわからなくなっている。

人に会いたくないと思っているときは、会わなくていい。

それよりも先に、とにかくつくってみる。

家で落ち着くことができないのも、つくるだけつくってみたら、もしかしたら変わるのではないか。やるだけやるまでは帰らずに、とにかくつくってみたらどうか。どうしても帰ってこいと言われたら、帰ればいいかもしれない。

つくりすぎてはよくないと思ったときもあった。たしかにそうで、調子がいいときにやりすぎないのは大事なことかもしれない。調子がいいときは逆で、できるだけ休んだほうがいい。でも鬱のときは、気にする必要はないかもしれない。

鬱のときはつくりまくる。とにかく書きまくって、描きまくって、音楽もやりまくる。音を大きくすることはできないので静かな音楽になるだろう。それでもいい。つくったものをあれこれ言う前に、また次のものをつくる。

もしかしたら、すこし元気になっているのかも。

とにかく、この文章を書き上げてみたらいいのかもしれない。

元気なときはなんでもやったらいいし、それはそれでできるのだけど、絶望しているときは、ほかのなにかをすることができないので、とにかく、やりたいと思うことをやってみればいい。

今の状態でできることといえば、ゆっくり寝ていることではない。外で散歩するのも不安だ。どこかで美味しいご飯でも食べて、お酒でも飲む。これはやれるならやってみたいが、なかなか今は難しいかもしれない。

では、ゆっくりと穏やかにつくることをやってみたらどうなのだろうか。そうやって計画的にできるならやってみたいけど、どうせまったくできないのだから、ゆっくりするなんて考えるほうがおかしい。それよりも、ある程度つくっていけば、気持ちは落ち着く。それでいいではないか。

一息ついたら、もうけっこうな文量を書いている。このまま書いていけば、なんとかいけるかもしれないと思えるぐらいだ。

なるほど、今やっているのは、絶望しているときに、絶望に飲み込まれるのではなく、絶望していることをそのまま書いてみること。

すぐに自己否定の波に飲まれてしまうけど、その実況ではない。それをやっても、これまで一度もうまくいったことがない。よけいにきつくなるだけだ。そうではなくて、絶望しているときになにをつくるのかを実況してみる。これなら、まだいいかもしれない。

今、むなしさはない気がする。

しかし、本当はよくわからない。作業を止めずにいれば、なんとかいけるということだろうか。苦しかろうが手を動かすことはできる。

今までなら、絶望しているときは音楽なんか触れたくもないと思っていたはずだけど、今はそう思っていない気がする。音楽も静かにやる方法があるのではないか。録音レベルを大きくすれば小さな音でも録音できるのではないか、などと考えている。

とにかくひたすらつくる1週間を過ごしてみると決めた。

この決定にわくわくしている。わくわくしているということは、なにか変化が起こってことは事実だ。

これを書いている間は寝込んでいないし、なんとかいける。この方法は、自分の体には合っているのかもしれない。

では、この方法でなにをすればいいのだろうか。よくわからないが、これを書いているうちは、なんとかラクでいられる。書くのを止めるのが怖いくらいだ。

今、親友から電話がきたけど出ることができなかった。人には会えないが、やっていける。これならずっと書けるかもしれない。

次にきつくなったとき、僕はこの文章を読みたいと思うだろうか。これまではそれがまったくできなかった。今回もうまくいかないのか。

畑をやればラクになれると思ってやっていたときもあった。鬱のときはさすがにしんどくてそれどころではないけど、それでも外に出るきっかけにはなったと思う。

フーちゃんに腹がへったと伝えたら食事を持ってきてくれたので、雑炊と梨を食べた。食べているときも、まあ、なんとか大丈夫だった。

腹がへっていた。そういう感覚にほとんど気づけなくなっていたが、ある程度つくってみたら、腹がへったこともわかるようになるのかもしれない。

食べ終わってぼうっとしようとしたけど、それはむり。それで、すぐにコクピットに戻ってきたような感じ。

フーちゃんにこう言われた。

「とりあえず、疲れて眠くなるまで耐久レースみたいにやってみたら」

今、むなしくない。

つくってもしかたがない、みたいな感じでむなしくなるときもあるが、そのときだって、けっきょくつくること以外でラクになれる方法はないのだ。

信頼している人と会っているとそれなりに時間は過ごせるのだが、それができないときはつくるしかない。

つくることがあるのが救いで、それがあるのだから、すぐにすればいい。

今、正午だ。夜10時まで、あと10時間もある。なにができるかを確認してみよう。

編み物を久しぶりにやってみてもいいのかもしれない。でも、それよりもなにかをつくりたい。本を1冊書き上げたい。1冊どころか、何冊も書き上げたい。次の短編も今日仕上げてみたい。ゲラ直しも今日中にやってみたらいい。

10時間だ。けっこう時間がある。絵は10枚ぐらい描いてみよう。アクリルはどうも違うような気がした。というか、パステルでいちばん気に入ったものをキャンバスに描いてみたらいいのか。

これがあと50年も続くと思うと、楽しみであるのと同時に、ずっとやらなくてはならないのかといういやな気持ちも芽生える。

楽しみつづけるのはむりがあるとしても、それでも僕の今の状態は、やりまくることに関しては可能性があるのだからとことんまでやってみよう。あきらめるのはまだ早い。あきめることの意味もわからないし、とにかくやるだけである。

次は、絵を試してみたいと思う。絵はどこまでいけるのか。

とにかくこの運動を止めなければいいと思うのだけど、それができないからたいへんだ。

でも、すでに方法はあって、あとはやるだけという状態だ。

悩むとしたら、手を動かさないからかもしれない。

僕の場合、体力があるからか、疲れない。疲れて鬱になるのとも違うような気がする。

今は鬱だけど、書こうと思えばどれだけでも書くことができる。こうやって書いている間だけは、自己否定が現れない。僕を苦しめるのは、「どうしてこんな自分なのか」というふうな感じで考えてしまうことで、それを止めることはできないのだから、その考えが中心にならないように、手を動かすことではじまる思考をどんどん過剰にしていこう。

外に向けて書くことが止まっても、内側ではずっと書いているのだから、それをやめなければいい。ある程度やったら次に進んで、またそれもある程度やったら次に進む。そういう感じでいこう。

絵を1枚描いたら、なんでこんな絵を描いているのか、こんなことをしてどうするのか、なにが楽しくてやっているのか、みたいな感じになってしまう。それでも止めずに、やる方法はあるのか。本当にどうしたらいいのか。

2枚描いた。足りないくらいだけど、とりあえず今日はこれくらいでいい。苦しくてどうすればいいかわからないけど、とりあえず作品は生まれている。人とはまだ会えないけど、それでも作品は生まれている。

作品自体に自信はない。でも、音楽もつくった。これでもまだ足りないのか、どうすればいいのか、なにをすればいいのか、どうしたらいいのか。ぜんぜんうまくいかないのだけど、どうしたらいいのか。

でも、作品が生まれていることはたしかで、こんな状態でずっとやっていくのはたいへんだなと思うけど、鬱のときはしかたがない。それ以外のときはここまでへんなふうには考えずにやっているはずだ。それでも、どうしたらいいのかわからない。

作品は書けている気がする。苦しいけど、なんとか書けているぞ。毎日これができるのかどうかを考えるとたいへんだけど、鬱でなければべつに気にしなくてもいいようなことなのだから、そこまでへんではないはずだ。だから、このきついときにどうするかということを、まずは考えればいい。

まずは1日ずつ、この「絶望ハンドブック」を書いてみようではないか。

このハンドブックは、こうなったら死ぬまでやるのである。

つくっても、疲れてくれない。それなら、次は小説を書いてみよう。

もっとのんべんだらりとやってみたい。これぐらいでもいいや、と思えるようになりたい。しかし、とにかく不安が強すぎてつらいけど、でも、それでもやるのが生きるということか。やるのはいい。やれば、いちおう次の作品は見えてくるから。

しかし、どうやっても疲れてくれない。疲れたら、苦しむのをやめてくれるのかな。

つくっている間だけは、なんとかなっている。つくっているものがどうとか、今は考えないこと。そして、この調子でまた、次の日もやってみること。だって悩んだとしても、苦しいだけなんだから。

とてもシンプルなことではある。

苦しいからやるしかない。

苦しくないときはそこまでつくらなくてもいい。アイデアは、じつは苦しくないときにすべて出ている。でも、苦しくないときはやろうとはしない。だから、苦しいときにそれらをやる。とにかくやってみる。

電話に出られなかった友達には、描いた絵を送っておいた。僕はどんよりとした絵だと思っていたが、彼からは「めっちゃキレイ」と返事がきた。

自分の判断で、早めに決めつけてしまっている。もっとぼんやりしていたい。判断はぼんやりとさせても、体はぜんぜん違う方向へと力を持っていく。体にしたがってつくれば、どうにかなる。小説だって、たぶんもうちょっと書けるような気がする。

それで書いた文章が、以下。

その人は大きな船に乗っていて、その人自体が船みたいで、人間だが、違う生き物に見えた。生き物でもなくて、その人は石とか木とかそんなものに近くて、言葉もほとんど発しないけど、死んでいるようには見えなかった。その人はあきらかに生きていて、同じ時間を吸っていて、その人は、自分がなにを考えているのかいつも知らないでいた。真っ直ぐ立っていて、いつも穴のなかにいた。穴のなかにいるように見えたのは、僕だけじゃない、みんなもそう言った。違うことを言う人もいた。あの人は、ここにいながら、別の時間を歩いていて、歩いている道を、そのまま進んでいくと、食べ物にありつけると思って、迷いこむ者もいた。僕だって、その穴のなかに入ったこともある。あれは雨が降っていた海の上でのことだ。船はとにかく大きくて、海にいることなんか多くの人が忘れて過ごしていた。波が荒れても、船はすこし揺れるくらいで、人々はめまいを覚えたくらいですぐに忘れ去った。同じ時間に同じようにめまいを感じたとすら思っていなかった。腹をすかせているからだろうと思って、ふらつく体を起こして、群れのなかに入っていった。船の上では市場が定期的に開かれていたので、食事をするのも、どこかでなにか獲物を捕まえたりする必要もなかった。船の上にはなんでもあった。動物たちもそこで暮らしていて、岩陰に隠れた光る目を何度も見たことがあった。彼らはここが人間たちが暮らしている場所だと知っていて、生き物たちは一匹として、人間たちの前には現れなかった。いつも彼らは隠れて暮らしていた。人間たちの残飯を食べることもあったんだろう。僕はよく知らない。毎日、とんでもない量の食材が使われていたはずだ。動物たちは人間に捕まえられないようにしていた。人間だって必死だった。至るところに罠を仕掛け、猟だけを専門にして、そこで生まれ育った若者もいた。むしろ彼らは海のことを知らない。ここが地面だと思っているかもしれない。このへんの海に住む魚は人間の匂いをすぐに嗅ぎ分けて、逃げることができるのか、網なんか使っても、一匹も引っ掛からなかった。魚を捕まえることができるのはその人だけだった。その人はひとりで、船のどこからでも、気づくと飛び込んでいた。飛び込むのを、僕は見たことがない。ほかの人は見たことがあるのかも知らない。その人は道具もなにも使わなかった。道具もなにもここでは役に立たない。道具をつくろうとしたとたんに、生き物は気づき、遠くに逃げていってしまう。それは人間にとって死活問題だった。人間が人間であることに気づかれると、生き物はいなくなった。だから、人間たちは、自分たちが腹を空かせた獰猛な生き物であることを忘れる必要があったが、そんなことだれもできなかった。だから、最終的に人間たちは、自分たちの好きなように振る舞って、市場もつくれば、畑もつくり、山に入って木を切り倒し、自分たちの家をつくった。船の上にいることもそのうち忘れてしまった。覚えているのは、老人たちばかりで、老人たちはめまいがすると、空に目をやり、遠くの海を見た。遠くを眺めることができる人間たちは少なくなっていた。目が悪くなったわけじゃない。船の上には眼鏡屋だってあった。だから、気づくことくらいできたはずだ。でもその人が飛び込むのをだれも見たことがなかった。その人のことをだれも人間だと思っていなかった。僕もその人のことをだれにも口にしなかった。

その人は、知らないうちに飛び込んだ。その人が魚を食べたいからではなかった。その人がなにかを食べているのを見たことがない。まったくなにも食べない人もここにはいるのかもしれない。あれだけ毎日、市場では人々が食事をしているのに、その人を市場で見たことはなかった。その人は、いつも同じ場所で見かけた。でもいつもそこにいるというわけではなかった。僕もときどきしか見ることができなかった。よく見れば、すぐにその人だってわかった。でも、だれも気づかない。その人が生き物に見えないから、気づかないだけで、その人にぶつかっても、石にぶつかったとしか思わないから、だれも怒ったりしなかった。わざと無視していると僕は最初思っていたが、じつはそうではなくて、だれも気づいていないってことがすこしずつわかってきた。でも僕だけに見えているわけじゃない。それは何度も確認した。だれかに聞いたわけじゃない。ここでは言葉が、うまく話せなくて、僕は船の上で使われている言葉をほとんど知らなかった。僕が生まれ育ったところの言葉じゃなかった。僕はここから遠く離れた場所で生まれ育っている。そのことをうまく説明できたこともなかった。ここが船の上だってことを忘れている人ばかりなんだから、むりもなかった。でも僕はその人と何度かかすかに話をしたことがあった。その人から声をかけられたこともあった。魚を食べるか、とその人は聞いてきた。僕は自分で食事を見つけることができたので、いりませんと答えた。すると、その人は笑顔で、そうか、それなら、と言うと、小さな池に魚を逃した。この池は海水でできていて、多くの人たちはこの池のことを海だと言った。池には小さな船が浮かんでいて、島もあった。その島の出身だという人もいたし、島の山奥からなんとか船に乗り継いで、ここまで辿り着いたという人たちは家もなく、市場の裏にある路地に固まって暮らしていた。彼らは自分たちの言葉しか話さないから、僕にはわからなかったが、その人が教えてくれた。何度かその人は、ここで起きていることを教えてくれた。その人は僕の言葉も知っていたし、島に住む人たちの言葉も知っていた。僕はこの船がどこに向かっているのか知らなかった。その人に聞くと、それはまたぜんぜん知らない言葉で話すのでわからなかった。その人の言葉はわかるときとわからないときがあった。それで、なんで気づかないのか僕にはさっぱりわからなかった。みんなと話しているときもあった。みんな普通に話しかけていた。その人に名前がなかったからか。でも船の上では名前はほとんど必要がなかった。だれも名前がなかった。僕も名前を忘れてしまったかもしれない。手帳に書き残していた。その手帳を船に乗って、一度も開いていなかった。その人を見かけたとき、僕はいつもその手帳のことを思い出した。それを開いて、自分がどこからきたのかを確認しなくちゃといつも頭に入れて、家に帰っても、帰る途中で、忘れてしまったし、家自体もなくなっているときがあった。だれかほかの人が勝手に住みはじめたこともある。だれも文句を言わないし、僕もべつにいやじゃないから、そんなときは山に近づいて、折れた木を何本か拾ってきた。そのときにいつも動物の気配を感じた。彼らとは目が合わないようにしていた。彼らも同じように感じていたと思う。ここで暮らしているのは知っているし、僕は彼らの姿を見たいとすら思った。でも、黙って、いなくなった。家を建てた。折れた木を、製材して板にしてくれる人たちがいる。彼らも市場のなかにいて、すごい機械音を出して、電動の刃物を使って、板をつくってくれる。朝のうちに山に入って、戻ってきたら夕方にはもうできあがっているので、仕事が終わると、さっと僕は板を立てて、壁をつくった。船は大きな布で覆われているので、壁さえつくっておけば、あとは問題なかった。

こんな調子で、今日は原稿をこれも合わせて40枚と、音楽1曲と、絵を2枚描いた。もう満足しているのかもしれない。やろうと思えばまだできるが、夕食の時間が近づいている。ある程度やるだけやって、あとはすぐ寝たらどうかなと思った。もしくは映画でも見るか。

体調はへんではあるが、しばらくはなにも考えずに、とりあえずやりまくってみることでどうかしら、と思った。悩むくらいなら、バカみたいにつくってみる。

悩む力は尋常ではないので、たぶんどこまでもつくることができる。どうなるのかはわからないけど、やるしかないし、明日あさってもつくるだけつくりまくってみるしかない。とにかくそうやって過ごすしかない。

やるだけやってみよう。またここで気を遣うとおかしくなるので、まずはつくって生きていくことを最優先にしてみる。

家でこまったら、すぐにアトリエに来てつくる。つくって満足したら寝る。家で寝たい。本当はみんなと寝たい。どうにかそれをやってみたい。

家でどうやって過ごせるかを考えてみたらいいんだろうか。手を止めたら恐ろしい状態になるので、それはそれで不安。どうにかしたいので、家でもできることをあれこれ見つけておくといいのかもしれない。家で音楽をつくったり、絵を描いたり、文章を書いたりすればいいのだろうか。

また、実況してみよう。

「絶望ハンドブック」をつくると決めた初日、最近なかった充実感みたいなものが、もしかしたらあるのかもしれないと思った。これぐらいやらないとだめだったということなのかもしれない。

対人恐怖とか、幼少の頃のこととか、いくつも不安はあるのだが、そこに巻き込まれるとたいへんなので、それにやられてしまいそうになる前に、つくる。

つくること以外に、なにかを読むとか、病状とかそういうことに関してなにかを調べるのは、逆に苦しくなるのでやめたほうがいい。そうではなくて、その文章を自分で書くしかないのだ。

苦しいときに唯一助かる方法は、ゆっくり休むことではなくて、出来不出来はとりあえずおくとして、それでもつくること。苦しいときにできるのは、この絶望状態での制作過程の実況なのではないか。

なにかをつくるには、じつは、このくらいの重力を感じていたほうがいいのかもしれないとすら思った。僕の場合、調子がいいと軽すぎて宙に浮いてしまう。このように、きついが、きつい状態のままどうにか創作は続ける、という感じでやるほうがいい。

10月8日のライブの前にDJをやることになっているが、これも自分がつくった曲をかけたらいいのではないか。そのための作曲を、5、6、7日と3日間かけてやればいい気がする。

とにかく、ありえないくらいつくりまくる。そのことに夢中になればいいのではないかと思った。これぐらいやらないと満足しないことはきつくもあるが、この力は興味深いし、もしかしたら、これが自分の方法なのかもしれない。

僕はだれかから方法を教えてもらうのではなくて、自分で方法を見つける必要があるし、じつはその方法は今まで生きてきたなかですでに見つけてあるはずだ。それに気づけたら、あとはもう何十年も続いていくことになるわけだが、それで悪いことはなにもない。

作品をつくれば、人と関われるのだから、この苦しい時期に人に会えないことも、なにも問題はない。

友達の言葉が頭に残っている。

「底の底のほうは明るい」

これは自分にとっていちばん大事な、自分のためのドキュメントだ。

脱出2日目

朝5時に目が覚めた。

いつもならすぐに苦しみはじめるがそうではなく、ゲンに「起こして」と頼まれていたから起こして、いっしょに過ごした。6時になると、アオが目を覚まし、ふたりに僕は朝ごはんをつくった。

いつもどおりの朝になった。昨日の苦しさはすっかり忘れてしまっていて、本当にびっくりする。こうなると、「絶望ハンドブック」は書けない気がする。すっかり別の状態になっているので、あの苦しみにいる絶望状態の自分に向けて書くことは難しい。

それでも、今日も夜7時まで、とにかくつくりまくるという生活を続けてみよう。また いつどうなるかわからないし、もうこの生活を止めるなということかもしれないから。

どんな状態だろうと、つくりまくる。不思議なもので、そうしないと作品が書けないと か、いい発想が浮かばないとか、そんなことを言い出しそうになったりもするが、でも本 当はそうではない。昨日なんか、なにも思い浮かぶものはなかった。いい作品をつくろう ということすらなかった。なにもないけど、朝10時から9時間ぶっ通しでつくることがで きた。

つくること自体が好きとか嫌いとか、文章が好きとか嫌いとか、絵が好きとか嫌いとか、 音楽が好きとか嫌いとかそれもなくて、ほかになにをしても時間を過ごすことができない のに、なぜかつくることであればできる。それが驚きだ。とにかく時間を過ごすことがで きないし、そのことでパニックにもなるのだから。

昨日つくった音楽を聴いてみたら、悪くないと思えた。昨日は、こんなものをつくって どうするのかと考えていた。

でも、もはやそれもどうでもいいのである。

とにかく毎日つくる。

ここ最近は、毎日そんなにつくると疲れてしまうから、ほどほどにしていた。しかし、それでは満足感も充実感もなく、自分はいったいなにをしているのかが不安に思えていた気がする。

僕は運動もしないし、特別丈夫なわけでもないのに、なぜか体力がある。昨日なんか本当にきつかったのに、40枚原稿を書いて、今日もまたやろうとしている。

これはもう元気なのではないか。

今日も同じようにひたすらやってみよう。毎日、もうこれしかない。明日のことは考えずに、とにかく今、どんな状態でもやりまくる。

おそらくこの状態でなにかを書いても、絶望状態の自分には届かない。次の絶望状態がやってきても、ほとんど言葉は届かない。

それでも、今回見つけた方法は大きい。前から気づいていたはずなのに、どうして今なのかはわからない。それでもいい。僕は方法を見つけたのだから。

やってもむだだと言っている状態は、やっていないということでしかない。やれば次が見えるし、やった翌日の僕は、もうこれ以上やってもむだだとは思わない。

つくることでしか、もう先がないとは思わない。ほかに方法はいくらでもあるし、そこまでたいへんな思いをする必要もない。

ただ、僕の場合は、絶望状態に入ったときには、なにかを書くしかないし、絵を描くしかないし、音楽をつくるしかない。もうなんでもいいのである。

つくっている時間と、考え込んでいる時間がすこし違うのはたしかだ。その違いについて、詳しいことはわからない。なぜ違うのかもわからない。

本当は横になって本でも読めたらいいのだが、僕の場合は違う。それをやってもすこしも休まらない。そして、なぜかつくっているときは、体はまったくきつくないのである。

自分以外のだれかが書いたもので、読んでラクになるのは神田橋語録ぐらいだ。それもすこし納得するだけ。そして、すぐに読み終わってしまう。もっと長いものがほしい。もっと永遠に長く自分を助けてくれるようなものを読みたい。しかし、それはないのだ。

今すぐとりかかれ、という合図のような本であれば、いい気がする。とにかく今すぐとりかかれ。なんでもいいから、今すぐ手を動かせ。

もちろんなんでもいいわけでもなくて、最初はそれはモヤに包まれている。やっていくことで、手探りですこしずつ道を見つけていくしかない。ただし、それをあとで素晴らしい道だなんだと振り返ることはしないように。それはただの道で、ただ歩ければいいだけ。あとは知らない。

今、この絶望状態から逃げなくてはならない。逃げていい。どんどん逃げよう。でも、現実の世界では逃げることができない。どこまで逃げても追いかけてくる。だから別の現実へと逃げろ。それが、僕が『現実脱出論』で書いたことなのかもしれない。でも、読み返していないからわからない。

読み返したら、すこしはなにかわかるだろうか。読み返そうという気にはならない。昔に書いた自分の本はどうでもいい。それよりも、とにかく逃げること。現実からさっさと逃げること。今すぐとりかかれ。そこらへんにある荷物を持っていく必要もない。とにかく逃げなくてはならない。道具もなにもいらない。持っていくものはない。準備しているヒマもない。準備をすると、苦しい状態に侵食されていくから、今すぐ逃げるために作業をはじめよう。つくったら、それをだれかに送ればいい。それでどうにか、この現実とつながっておいて、あとはとにかく逃げる。

この作業を、今はすこし落ち着いてすることもできる。

今、朝10時だ。夜7時まで続けてみよう。途中12時に鍼《はり》治療に行くけど、それ以外はとことんやってみよう。すこしやり方が見えてきた気がする。

今は画家のモンドリアンが気になっている。初期作品集を買ったことがあるので、それを見てみよう。パステル画に関してはもっと先があると思うので、とことんやってみよう。やらないほうがきついのだから。

今回それがはっきりわかっただけでも、本当によかったと思う。

これ以外の方法はあるのか。ほかの人にとってどうなのかはわからないが、僕の場合にはない。薬でもない。薬もいちおう飲んでみればいいと思うが、それは眠るためのものぐらいで、でも、眠れなかったらずっとつくっていればいいだけの話だ。

そうやって突き詰めていくと、どうやっても、やりまくるだけのこと。内容はどうでもいい。量だけは、ピカソにもプルーストにも負けないようにつくってみたらどうか。そこでなら、たたかえそうだ。

下手だけど、でもそのおかげでやりつづけられていることもあると思う。とにかくバカみたいにつくってみたい。いろいろとやめたことで時間ができたのだから、それは祝福すべきことなのではないか。丸一年はなにもしなくてもいいくらいの状態ではあると思うから、その間にありえないくらいにつくりまくってみよう。完全に集中すればいいし、それで苦しくなってもいいと思う。苦しくならないようにすることは、もうあきらめた。そんなことはむり。そうではなくて、どんな状態でもたたかえるようにしておく。そうすれば問題ない。

問題は、死んでしまうことだけだ。それさえしなければいい。

そこへ向かっていくエネルギーが尋常ではないことはたしかだ。ただ、僕は自殺未遂をしたことがない。オーバードーズをしたこともない。体を切ったり、首を吊ったり、飛び降りる場所を見に行ったりしたこともない。つまり、死ぬための行為をしたことがない。それはすごいことではないか。躁鬱で、自殺未遂をしないで過ごすのはかなりたいへんなことだと思う。

僕は、死にたくはなるが、死のうとしたことはない。現実の世界のなかで逃げたことがない。それは覚えておいたほうがいい。

絶望状態にあるとき、絶望のそのどしゃ降りの場所で、雨宿りすらしないし、それで風邪をひくこともない。もちろん、動けなくなるし、人にも会えなくなる。普通の生活はまったく送れなくなるが、それでも仕事を止めたことはない。なにもしないままで過ごしたことがない。

それでも足りなかったということだ。どうにかしてこの苦しみを消そうとしてきたが、道はなかった。絶望は消せばすむものではない。絶望は抱えていくもので、絶望しているから死ねばいいものでもない。現実のなかで逃げていても、逃げ切ることができない。逃げることが悪いわけではない。たくさんの人がそうやって死んでいった。僕が大好きな躁鬱でこまっていた作家たちも、最後には自殺してしまった。しかし、それでは逃げきれない。その人たちが書いたものも、けっきょく逃げ切れなかったのかもしれないと思って、僕を完全には助けてくれない。

カフカの「穴巣」という短編を読んだ。なぜか僕が書いてきた文章にすごく似ていて、ここに書かれた感覚が僕にもわかった。というか、感じることができた。そう考えると、自殺せずに、発表もせずに、ただひたすら書きつづけたカフカは40歳で亡くなったので、僕の年齢ではすでに死んでしまっているが、それでも最後まで書きつづけたという意味でとても参考になる。

でも、けっきょくはだれも参考にならない。

自分でそれをつくる。

道はもうある。草まみれで歩けない道だが、ある。歩けるところがある。現実にはないけど、そこにある。そして、そこを歩くと、現実も見ることができるようになる。

最後には、絶望自体を完全に受け入れることができるのではないかと思った。絶望は消えず、繰り返し現れては消える。そのたびに、僕の体は固まる。固まるのは現実の世界においてだけで、じつは別の世界では軽やかに動いている。どこまでも歩ける。その道、つまり現実と別の世界とをつなぐ回路が「つくる」という作業だ。

その道がどうとかこうとかは、それぞれの表現者たちに任せておけばいい。その評価に僕は関わる必要がない。なぜなら僕は、文章が好きだったわけでもなく、絵画が好きだったわけでもなく、音楽が好きだったわけでもなく、技術もなく、道具の扱い方も知らず、なにもわからない状態ではじめた。なにかをつくって表現することが問題なのではなく、ただひたすら草にまみれた道なき道を、でもそれはあきらかに道で、歩くことができた。歩けるということは、僕はそこに体を持っている。その体は、現実とは別の世界にある体で、その体に気づくためには、現実の体や現実の頭も必要だが、というか、頭と体を区別してもしかたがないわけだが、とにかくそれは僕にとってひとつの発見だった。

絶望は消さなくていい。絶望しないように努力しなくてもいい。健康でいようと思わなくていい。幸せになろうと思わなくていい。

絶望が僕の体に対して行っていることを、別の観点から眺める。別の観察者として見てみる。

悶え苦しむのは、いつも「現実の」自分である。それによってなにが引き起こされているのか、どのような動きが生み出されているのか、そのことに注目してみよう。もしかしたらそれは、とてつもない力の働きなのかもしれない。

その力が、昨日示された気がする。

絶望状態の僕は、現実では寝込んでいる人だ。引きこもっている人で、対人関係に悩む人で、人生にむなしさを感じている人だ。だが、あきらかに強靭な体力を持ち、道なき道だろうが気にせず歩いていく、ひとりの、別の人間でもあった。それが僕には面白く映った。頼もしく映った。これが生きることなら、もっとやってみたいと思った。

生きるために克服することを求められるとしたら、それはもういやだ。そんなの面白くもなんともない。絶望を克服して幸せになることが目標になるのなら、それは僕にはむりだ。

いや、心底違うと思えているのならうれしい。だって、自分の方法を見つけたではないか。

もしかしてこれなら、自分でももう一度読みたいと思える文章になっているのではないか。絶望しているときにこれを読んだら、つべこべ言わずに、現実から今すぐ撤退するだろう。そして、

「今すぐつくれ」

「今すぐとりかかれ」

そう、声をかけてあげることができるかもしれない。

脱出3日目

おととい絶望状態で倒れていた僕は、悩んでいることに悩み、するとさらに悩みは拡大し、その繁殖の勢いはとどまることを知らず、自分の問題がここにもある、あそこにもあると、それぞれの悩みはそれぞれの道を照らし、獣道をつくり出し、編み目のように広がっていった。そして、絶望の巨大な森が現れ、僕にはもうどうすることもできなかった。倒れたままYouTubeでも見るしかない。だが、見てもなにも変わらない。すこしの間、麻痺するだけだ。

絶望状態のとき、時間はかなり遅延する。僕が普段の生活で感じている時間とは、まったく別ものとなる。時間は、僕から離れて、ゆっくりと動く巨大な生き物になる。

だが、絶望状態にある僕は、そんなはずはないと思っている。絵を描けば、絵のなかの現実、絵がつくり出す現実、絵に映らない現実などさまざまにあるはずだが、そのような創造的思考はいっさいできなくなっている。

時間は巨大な獣、それも恐竜のような姿でのっしり動いていて、襲ってくるわけでもないし、噛むこともしない。おそらく肉食ではないのだが、しかし、絶望状態の僕にはそんなふうにはいっさい思えない。それはただの時間にすぎない。ただの24時間で、それは1日で、それ以外のものとして考えることは嘘だ、妄想だ、自分に都合のいいことだ、と思ってしまう。その24時間をほかの人と同じように過ごさなくてはいけない、と感じている。

だから、感覚を麻痺させたところで、時間が過ぎるのはほんのすこしでしかない。YouTubeを見るとしても、1時間くらいだ。どの動画も面白いとは感じない。本当はネットよりも、本などを読んだほうがまだましだ、まだなにか文化的なことだと思っているが、しかし、本はすこしも内容が頭に入ってこない。本は頭を働かせないと読めないので、むりもない。

あるいは、頭に入ってこないだけではなくて、読書をしていても、自分の悩みのほうが強大に感じられて、悩みが解けないのに読むなんて、というおかしな思考に陥ってしまう。そして、そのをおかしさを指摘する人が、自分のなかにはひとりもいない。

自分だっていろいろといるはずで、元気な自分もいれば、元気のない自分もいる。その中間で、面白いとも面白くないとも思わないけど、それなりに時間が過ごせている自分もいる。それが本来の姿のはずだが、絶望状態ではそれはありえないことになっている。すべて、今この苦しい自分ひとりしかいない。

苦しさには理由がないのだが、理由をひねり出してしまう。理由を創作しているようにすら感じて、逆に感心してしまう、と妻のフーちゃんに言われたことがある。だが、そのユーモアを笑うこともできない。理由を創作しているなんてそんなことはありえない、本当にどこまでも僕は悩んでいるんだ、と強い口調で言い返してしまう。

でも、フーちゃんにいらだちをぶつけることはできないし、いらだちを止めることもできないので、自分を叩いてしまう。それでしか、苦しさを伝えることができない。でも、それも意味がないので、すぐに終わる。

酒でも飲んで忘れればいいのに、なぜかこいういうとき、僕は酒を飲もうとしない。酔っぱらうこともない。麻薬でもあればやるだろうか。いや、それもしないだろう。気持ちの悪い旅にしかならないはずだ。

フーちゃんには子どもたちがいる。彼らにご飯を食べさせなくてはならないし、いつまでも僕にかまっている時間はない。子どもたちは、つまり、僕の子どもたちでもあるのだが、はっきり言えば、僕もまたわがままを言う赤ん坊みたいな存在になっている。それが恥ずかしい。口にして言うことはないが、そう感じている。

そして、またひとりになる。布団に倒れて、YouTubeを見ようにも、もうなにをどうやって検索すればいいのかわからない。

映画でもゆっくり見たらいいのに、とフーちゃんが言う。映画だけではない。僕自身、漫画を全巻読破とかすればいいのに、と何度思ったことか。しかし、できない。読書もできない。音楽も聴けない。映画も見られない。どうしてなのか。

また、理由を捏造してしまう。

本が読めないというただの事実に対し、それは僕が本を読んでこなかったからだと。僕は本からなにも学んでこなかった、元気なときも偽って読んでいるふりをしていただけだ、本も書いているけど、それは躁状態の自分が適当に書き散らしただけだ、というような思考回路に陥ってしまう。書きながら、そりゃあんまりだと思うが、本当にそう思ってしまうのだからしかたない。

これがおかしいことは、今はわかる。なぜなら、今は本が読めないとはまったく思っていないからである。読めない本は、今は面白くないと感じているだけだ。さらに言えば、本が読めなかろうが、その本のなかでパッと開いた1ページの1行が目に入ってそれで感動すれば、今の僕にとっては読めているということになる。だが、絶望状態ではそのような楽天的な自分がいることも完全に否定される。

絶望状態では、完全にひとりということになっている。だから今のこの瞬間、苦しみ悶えている自分しか存在していないことになる。すると昔からじつは苦しかった、元気なときもじつは心の底には苦しさがあった、それを偽って元気そうにしているだけだ、と思い込んでしまう。さらに、「あのときの自分は――」「あの頃の自分は――」と言いながら、それがいつのことかもわからないはずなのに、わからないということは、すべての時間がそうだったという話になってしまい、ついには物心ついたときから僕は常にずっと苦しんできたことになってしまう。

そのように思い込んでしまう絶望状態のときの僕を、もはや「彼」と呼ぶしかないのだが、しかし、僕はそう呼びながら、彼を他人だとは思っていない。彼はあくまでも僕のなかにいる。複数の自分が自分のなかにいるのは当たり前のことであり、素敵なことだとすら今は思っている。つまり、僕はもう、とても元気になっているということだ。

しかし、絶望状態の彼は違う。絶望状態ではそうした分裂が許されない。彼は今の僕を完全に否定するだろう。だが、絶望状態の彼には申し訳ないが、彼と僕が統合することに、未来はほとんどないと思う。

本が読めないのは今だけのことであって、これまでの全人生にまでつなげてしまうのは正確ではない。しかし、彼からすれば、生まれた瞬間から自分は本が読めない、どうしようもない人間だということになる。しかもそれは推測ではなく、結論になってしまう。冗談ではなく、彼は本気でそのように感じてしまっている。

今の僕なら、彼はなんと感受性が豊かなんだろう。そして、なんとつらい方向へと進んでしまうのだろうと心配になるが、そんなことを言えば、彼はいらだってしまう。むりもない。彼にとってはすでに結論が出ているからである。

本だけではない。音楽を聴いても同じだろう。映画もしかり。4歳の頃からスピルバーグが好きで、ほぼスピルバーグ映画しか観てこなかった僕は、今ではジェームズ・キャメロンも好きで、『アバター2』の公開前に前作のリマスター版を4DXで息子と観て、感動した。そんな僕に対して、絶望状態の彼は、なんと映画的素養のない、面白みのない人間なのだ、という烙印を押すだろう。

ゴダールでも観て感動すればいいのかもしれないが、ゴダール映画は『勝手にしやがれ』しか観たことがなく、ゴダールは映画よりも文章のほうが好きな僕のことを、彼は理解してくれない。軽蔑されているとすら感じる。

「そうか、ごめんね。スピルバーグ映画しか見てこなかったから、君はそんなふうにつらい思いをしているんだものね」

私がこう謝ると、たかが映画なのにされど映画としか思えなくて、マジになって怒ってしまった自分を、「なんと遊びのない人間なのか」と彼はさらに自己否定するのである。しかし彼は腹のなかでそう思いつつも、僕には言えずに、またそれで落ち込んで布団に潜ってしまう。

そのまま彼は、道をつくり出していく。遊びのない、余裕のない、笑ってすませることができない道にはじまり、鬱蒼とした草に踏み込んで、新しく否定の道をつくり出していく。さっそく、生まれた瞬間から遊びのない人間である、という結論に達した彼に対して、赤ん坊がそんなわけないだろ、とだれもがつっこみを入れたくなるところだが、そこは現実的に判断する。つまり、赤ん坊の頃ということは、両親が悪いのではないか、僕は愛情をもらっていたのか、なんていうふうに。それはどこまでも推測でしかないはずだが、彼にとっては結論となってしまうのである。そこから、生まれないほうがよかったという結論に至り、ついには両親に電話をかけて、「なぜ自分を産んだのか」「あなたたちせいでこのようになった」などと叫びかねないところまでいくが、最終局面で良心が顔を出し、さすがに思ったとしても、それを口に出すことは思いとどまる。

僕も四十半ばのおじさんである。いろいろたいへんなこともあったし、衝突だってあった。それでもやはり両親には、産んで育ててくれてありがとうという感謝の気持ちを抱いている。しかし、彼はそれを嘘だ、と言うだろう。

このような一連の流れを、何度も反復する。フーちゃん曰く、それは創造的な反復のため、増殖の勢いもすさまじく、まだチロチロとくるぶしあたりまでの水たまりだと思っていたら、突如、津波に飲み込まれてしまった、というような勢いで、僕は悩みの渦に飲み込まれていく。

そのメカニズムは、僕もわかっている。こうやって書くことができるのだから、一部始終も覚えている。つまり、絶望状態にいるとき、僕もそこにいるのである。そうでないと、ここまでこと細かく、心の動きを書くことはできない。

しかし、彼はひとりだと思っている。僕はどうにか声をかけようとするのだが、僕のことは、本も読めず、スピルバーグが悪いわけではないがそんなミーハー趣味の頼りがいのない人間だと思っているので、いないことにされてしまっている。

しかし、このことは彼に伝えたい。

渦に飲み込まれ、溺れ死にしそうになっているのは彼ということになっているが、彼が死ねば、同じく僕も死ぬんだよと。だから、あまりやりすぎないでほしい。そう小声で伝えるが、やはり声は聞こえていないようだ。いや、彼にとっては、すべてが統合されており、幻聴すら聞こえていない。現実的な彼にとって、僕は存在していない。

だが、僕なりの抵抗もある。

それはぜったいに死につながる行為をしないということ。

これは僕に言わせてもらいたい。絶望状態で苦しんでいるメインはもちろん彼だ、というか君だ。だからとても心配している。

そして、君の言うように、僕はまったく素養のない人間かもしれない。それも事実として認める。本も読めない。ページを開いて、パッといい文章を見つけるのは得意だし、そんな得意なことがあるならそれでいいではないかと僕は思っているが、君が認めてくれないのも理解できる。そこまで苦しい状態だから、余裕がないのもわかる。

でも、そこに僕がいるのもわかってほしい。助けになりたいとも思っている。

でも、声はぜったいに届かない。届かない理由は今までわからなかったけど、これを書きながらわかってきたのは、君は自分が統合されていると感じているからなんだね。だから、推測の余地はないし、結論だと即座に判断できるわけだ。

なるほど、その状態はたしかにたいへんだ。親のせいにもしたくなるかもしれない。

でも、そうではない。きついときもあれば、きつくないときもあるんだよ。

絶望にいる君へ

今、これを書きながら、しばらく前に、絶望状態の君に向けて手紙を書いたことを思い出した。

僕はそこにいるし、今、元気になった僕にも君は残っている。だから、どこかで妥協点を見つけたいが、結論に達している君との交渉はなかなか難しい。これは、外交というよりも、内交なのだろうね。これまた適当に言葉をつくり出しやがって、と君は怒るかもしれないけど、僕に悪意はないし、いつでも本当に助けたいと思っている。

声を聞いてくれないかわりに、僕は君に抵抗したい。どんなに絶望していたとしても、ぜったいに死んでやるものかと思っている。

以下、君への手紙を転載しておく。

「絶望状態の君へ」


これを読んでいるということは、君は生きています。

3日間、よくぞがんばった。

おめでとう、自分。

死んでもおかしくなかった。今の僕には理解ができないが、それがつらかったということだけは想像できる。でも、実感はわかない。自分のことなのに、ごめんなさい。

しかも、この3日間に、芸人の上島竜兵さんが自殺してしまった。僕と似た起伏の激しいタイプかなと思って、心配はしていた。

どうして死んでしまったのか。

孤独だからである。

家族がいたって、仲間がいたって、人は孤独で死ぬ。

最近、また自殺が増えてきている感じがするのも、みんなが孤独になっているからだろう。自殺の報道があってから、僕のところにかかってくるいのっちの電話の数もやはり増えた。2日で100件を超えた。

僕のほうこそ、まさに自殺しそうになっていたので、電話には1本も出られなかった。申し訳ないと思う。でも、自分が死んだら終わりなので、じっとしていた。自殺の報道は本当にやめたほうがいい。死因がわからなくても、だれもこまらない。静かに死を悼むだけでいい。

僕もかなり危なかった。とはいえ、死にたいという状況においては、アスリート並みに経験が貯まっているので、実際に死を決意するところにまではいかなくなっている。でも、それは今の僕だから言えることで、死にたくなっているときの僕にとって、死はとても近いものになってしまっているのではないか。これもよくわからない。それくらい、僕と、死にたいときの僕とはかけ離れている。

はっきり言うと、別人である。

別人であるそのときの僕、つまり君に、元気になった僕は何度も何度も手紙を書いてきた。だが、一度も成功したことがない。元気なときに書いた文章はどれも、君を助けることができない。

ただ最近、『躁鬱大学』という本を書いて、唯一、この本だけは読めるのではないか。この本は効果があって、死にたくなっている自分がすこしだけ恥ずかしくなると思う。死ぬことはなくなると思う。

でも、これを読んでも、苦しさから抜け出すのは容易ではない。


これはとても個人的なことで、君だけにしか通じないと思って書く。

まずひとつ、君と僕は違う。まったく違う人間である。それくらいに違う。

しかし、君は違わないと言う。

君は断言しているそうじゃないか。僕も元気なふりをしているが、じつは死にたいんだと。君は、元気な僕もじつは心の奥底では死にたいと思っていて、それをカラ元気で吹き飛ばしているんだと周りの人に説明している。周りの人というのは、僕が死にたいときにも唯一、生身で会って話をすることができる妻のフーさんのことだが、そのフーさんに、いつもあなたはそう言っている（と、フーさんから僕はときどき聞く）。

君は、僕のことを心配して言ってくれているのかもしれない。僕は君ではないから真意まではわからないが、そう感じる。僕も本当はつらいんだよね、と気遣ってくれているんだよね。ありがとう。

そして、結論を伝えると、僕は今、まったく死にたいと思っていません。

僕がそう言っても、君は信じてくれないかもしれない。

まーたそんなことを言って、今はアレでしょ、躁状態なんでしょ、だから、恐怖心がなくなっているからそう感じているだけで、たくさん悩みがあるでしょ、と君は思うかもしれない。「ご心配なく」と言うと、君のことをバカにしているように見えるかもしれないけど、バカにはしていません。心配してくれて、本当にありがとう。僕は本当に今、心底死にたいと思っていません。

君は、たとえ元気になったとしても、この気持ちのままで元気になっても、どうせまたすぐ心が折れて、死にたくなってしまう、だから、死なずに生きのびることもむだだ、みたいな思考回路になってはいませんか。

それは違う、と断言はしたくない。君に悪いと思うから。

君とは一度も会ったことがないし、話したこともないからわからないことばかりだけど、唯一、定点観測しているフーさんによると、君と僕は、顔は同じだがまったく完全な別人であるそうです。

フーさんの意見を、まずは参考にしてみませんか。

元気なときはお調子者の僕ですが、理解し合いたいので、できるだけ調子を抑えて伝えたいと思います。

君と僕は完全に遮断されているので、それぞれ言い合ってもしかたがありません。君は僕のことを気遣って、元気な僕だってじつは死にたいはずだ、と心配してくれている。しかし、当人である僕は、今、まったく死にたいと思っていない。むしろ、死ななくてよかった。ああ、これでまたすこし長く生きることができると安堵しているくらいです。

ただ、君にそれを伝えるのは酷かもしれない。君にとっては、この世は生きるに値しないとても過酷な世界なんだと思うから。僕は、そう感じている君を否定したくはない。

だけど、君が、生きてみたいといつか思えたら、それは僕にとっても幸福なことだ。

それが目標です。僕の生きる目標は、僕自身がどうこうするとか、成功するとか、そういうことではなくて、君が、君自身でいるときに、僕ではなく、まさに君の番のときに、「生きててよかった」「幸せだ」と感じてくれることです。

それが僕が作家になった唯一の理由です。

最高傑作が書きたいとか、そんなことは本当にどうでもいい。僕にとって、人からの評価はどうでもいいのです。そんなものあっても、ちっとも体をラクにしてくれないから。君だってラクにならない。

僕はいつか、ちゃんと君の心が温まるような文章が書けるようになりたい。そのために修行をしているつもりです。僕がやりたいと思っていることは、唯一それだから。

はっきり言うと、僕には君しか見えていない。君だけはいつも言葉が届かないから。

君は君で、死にたいときには毎日50枚くらいの文章を書いているのも知っています。言葉は書き残してあるから、僕はあとで君の文章を読むことができる。君は僕の存在なんかいないものと思っている。もしくは憎んでいるようにも感じます。それはそうだろうなと僕は思う。僕はいつもラクなほうを担当して、なぜか君がいつもつらいほうを担当することになっている。いつからかわからないけど、そうやって、ふたりでそれぞれ違う部分を担うようになった。

正直言って、僕のパートはラクです。ラクすぎる。だから、ふたりで力を合わせているというよりは、まだ出会ったことがないのに、君のほうが僕に対してかなり協力をしてくれていると感じる。つらい部分を君が担当してくれているおかげで、僕は気持ちをラクにして動き回ることができる。

まずは、君に感謝していることを知ってほしい。今まで、それを言葉にしたことがなかったかもしれない。

本当にありがとう。

同時に、この体が君だけになってしまったら、君は死んでしまうかもしれないとも思う。だから、僕がここにいる意味もある。

僕は君の言葉を読むことができる。そして、君は僕の言葉を読むと憎しみを感じてしまう。今のところ引っかかるのはこのズレで、これは僕のほうに問題があると思う。だから、僕からも、あなたがラクでいられる言葉を届けられるようになりたい。そのためにひとつの挑戦を今、やっているつもりです。

すこしずつ歩み寄っていきましょう。

フーさんからいつも聞くことをまとめてみました。

以下の点を確認してみてください。というかいっしょに確認していきましょう。

いや、でも、今は僕の担当だから、君はここにはいない。それでもいっしょに確認するように書いてみますね。

◎フーさん情報

(1)　元気なときの僕と、死にたいときの君は、完全に別人である。

(2)　「元気なときの僕もじつは心の底ではこの世が嫌いで死にたいと思っているが、カラ元気を出してそれをわからなくさせてる」と君はかならず言う。元気な僕に、フーさんがあとで確認すると、「え、そんなことないよ。むしろ今は悩みがなくて、幸せを感じることもあるよ」と元気な僕はいつも言う。

(3)　あなたが顔を出す3日前くらいから、元気な僕は、「なんだから疲れがとれない。体が重い」と言い出す。そして、3日経つと、突然倒れて起き上がれなくなる。そのときには君が登場している。そして、3日ほど君はうなされる。そして、3日経過したある日、君はなにかひとつ行動を行う。たとえば、新しい小説を苦しくても書いてみるとか、子どもに引っ張られて外でいっしょに遊ぶとか、朝ごはんをつくってくれるとか。つまり、君がいつもはぜったいにやらない、元気な僕が毎日家でやっていることをやる瞬間が訪れる。すると、すこしだけ体がラクになったと君が言う。次の瞬間、君はいなくなり、元気な僕が顔を出している。

(4)

君が登場すると毎回、かならずまったく同じことを言う。

たとえばこんなセリフ。


「死にたい」

「好奇心がなくなった」

「自分は本当はこの仕事がやりたいわけじゃなかった。自分にはできないのに、できると嘘を言っている。やっている感を出しているだけ」

「元気なときの僕も、じつは死にたいと思っている。でもカラ元気で吹き飛ばしている。それでカラ元気が出せなくなったときに、死にたくなる。つまり、元気な僕と死にたい僕は同じ人物である」

どうでしょうか。

僕としては、フーさんは嘘を言っていないと思います。むしろフーさんは君と僕の味方です。かなり強めの味方です。もう20年間も君と僕を見てきています。

ここはひとつ、フーさんの観察記録を、機械で計測したデータくらい正確なものとして受け入れましょう。僕は同意します。君はどうでしょうか。

ひとつずつ、見ていきましょう。

時間はたっぷりあります。正直言うと、僕は今、やりたいことがたくさんあって、そのなかでもこの、君に言葉を届けるという実験に関して、楽しく真剣に取り組んでみたいと創造力をかき立てられている。

君は、創造性がない、好奇心がない、じつはこれまで生きてきて、一度も好奇心を感じたことがないと言っているとフーさんから聞いたけど、僕は申し訳ないと思いながらも、創造性については心配しないで、と伝えたい。

同時にそれは、君がそこまで底に落ちていってくれるからなんだと思う。

君は、僕から見れば冒険者であり、どこまでも感情の底へとゆっくり落ちていく。わからないままにただ転げ落ちていくという感じではない。君自身は、「どんどん転げ落ちている」「どうしても止められない」「気づくと底にいる」「どうやっても落ちようとしてしまう」などと言っているそうですが、僕の目には、君はロープを使って、ゆっくりと一歩ずつ、手が届く範囲の壁の凸凹を手のひらで感じながら、着実に降りていっているように見えます。

君は「落ちた」とすぐに言うそうですが、僕には、自らの強い意志で一歩ずつ降りているように感じます。つまり、君と僕とでは、使う言葉がすこし違うのかもしれません。君が間違っているということではなく、僕にはまったく違うように見えている、ということをイメージしてみてください。

調子のいい人間が、安心できる場所から言い放っている言葉なんか信用できない、なんのなぐさめにならない、と思われるのではないかと心配です。なぜなら、君がいるまっただなかのとき、僕はそこにはいませんから。いつだって僕が言葉を書くときは、君の場所から戻ってきているときです。

僕の番のとき、君はどこにいるのでしょうか。僕は正直、死にたいと思っていた君が、僕の体のどこかにいるようには感じられません。でも、どこかにいるのでしょう。だから、本当は会うことも可能なはずです。まったくの別人なんですから。

フーさんからの情報を検証してみようと思っているのに、つい時間がたっぷりあることで、脱線してしまいました。

言葉をひとつ使うだけで、君と僕とで感覚のズレがある。他人なら当然のことですが、どうやら君は僕と体をひとつにしているので、同一人物だと見なしてしまう。同一人物だけど、調子がいいときと調子が悪いときの起伏が激しいだけだと、つい思い込んでしまう。

もともと僕もそうでした。しかし、今は違います。僕らは完全に別人だと捉えたほうが自然なのではないかと、そう思っています。別人ですから、他人の心は読めません。

どうか、君と僕は完全に別人である、ということを感じてみてください。

これは僕からの提案ではありません。

僕を介してはいますが、フーさんからの提案です。フーさんに聞いてみてください。きっと詳しく教えてくれるでしょう。

君と僕を助けてくれる人はけっこういるはずです。僕には仲間がいます。しかし、君は孤独であるとよくフーさんに言っていますよね。フーさんは一度もそれに同意したことはないはずです。むしろ、こう言ったんじゃありませんか。

「孤独なのではなくて、あなたは今、だれとも会いたくないし、だれとも話したくないんだから、ひとりでいる。だから、孤独というよりも、自らひとりになってゆっくり考えている。だから、ひとりでいることが合っている。でも、孤独ではない。連絡をすれば、いつでもあなたを助けようとしてくれる人はいる」

フーさんは、自分の言葉ではうまく伝わらないと感じているようです。どうしても君が納得してくれないそうです。だから、僕がフーさんにかわって伝えています。

僕は伝えることが本来、得意なのですが、どうしてだか、君にだけは伝わらない。しかし、それもすこしずつ変わってきていることを実感しています。すこしずつ伝わるようになってきたはずだ、と。

この手紙では、君がすこしでもラクになったり、いつかは幸福を感じられるように、言葉を届けたいと思っています。

そして、本当にごめんなさい。君のことを心配することはあっても、僕はどこかしら無意識で、君は鬱の担当で、君はいつも死にたくなっていて、君はいつも孤独である、という固定観念があることを発見しました。僕は、君がラクになることはない、君は鬱担当だから、と思っていたんです。これが間違いのもとだったのかもしれません。

でも、もう気づきました。僕は君を完全に別人だと思うことで、そうではない世界、つまり、君が表に出てきているときに、すこしでも幸福を感じられるようにするにはどうすればいいか、ということを生まれてはじめて、今、考えられるようになったんです。

これはふたりにとって、大きな前進だと確信しています。

本当は往復書簡ができたらいいのですが、今の君と僕とでは手紙のやりとりは難しそうです。君からの返事を読んでみたいとは思っているので、感想くらいはほしいなと願っています。

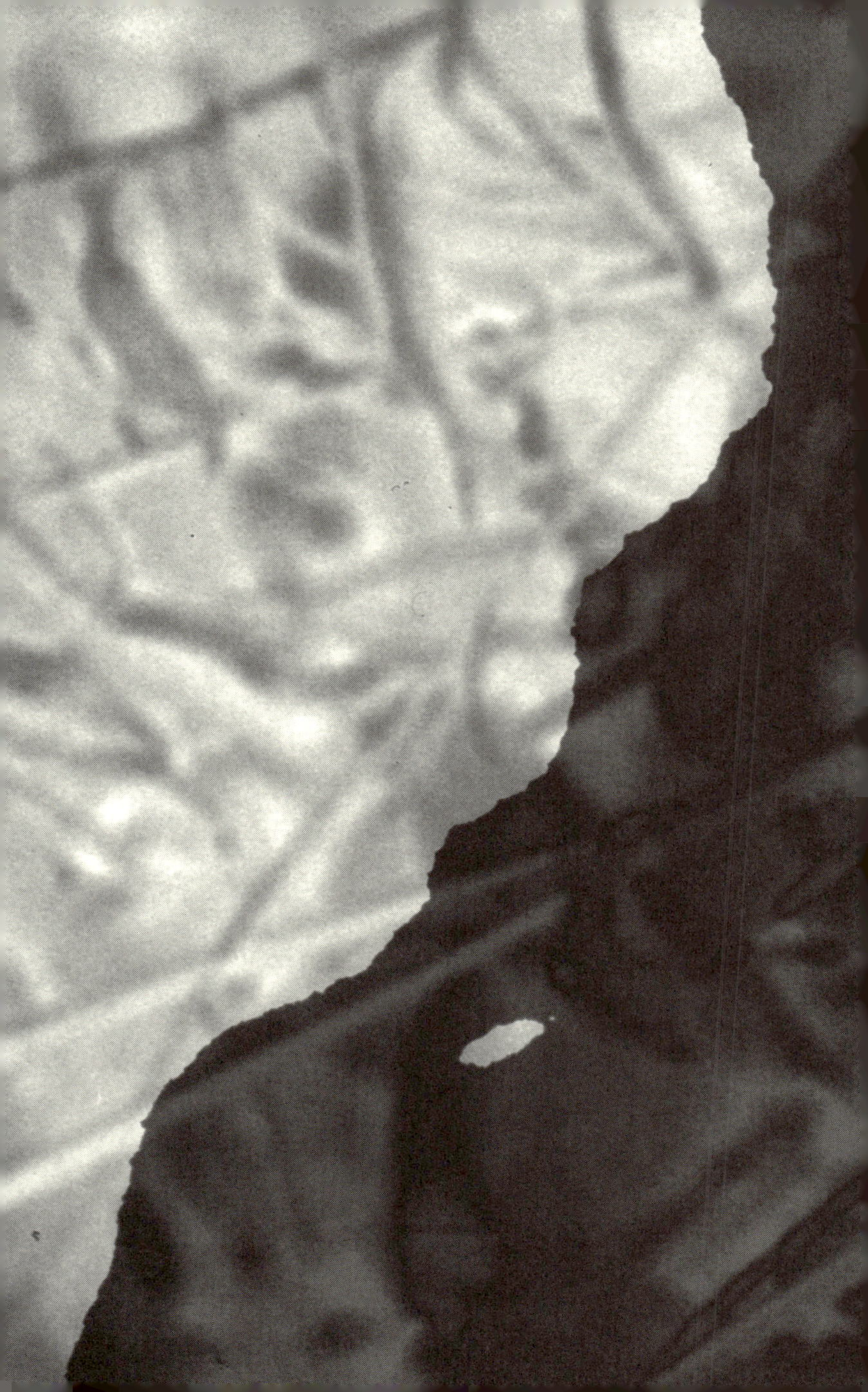

第3章 絶望の変調

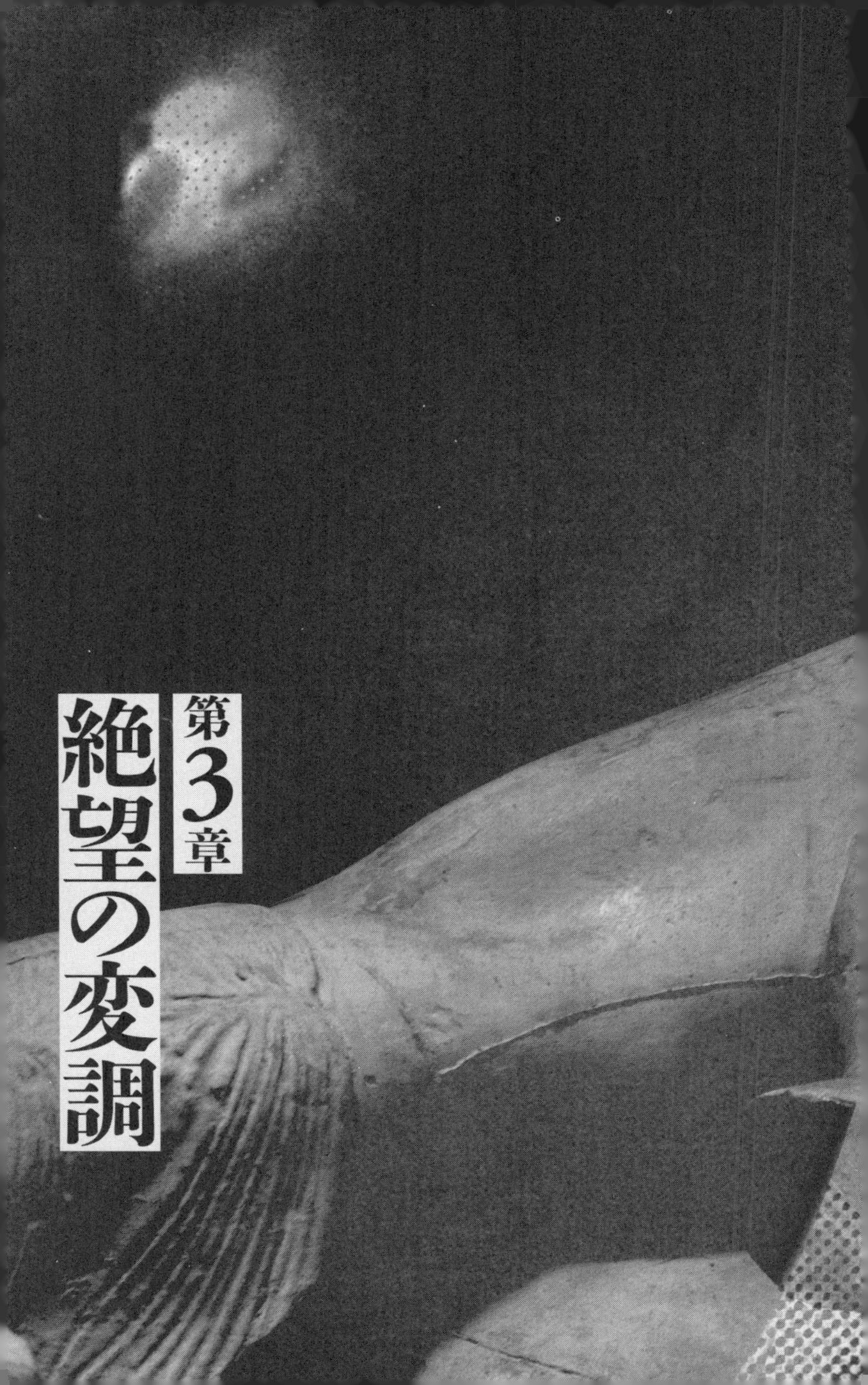

絶望と現実

おとといまでは絶望で倒れていて、そのときどう感じていたかは、ここまで書いたとおりだ。

なにかをつくる気にはならなかった。「つくっても意味がない」という結論に至ってしまったからだ。

YouTubeの動画は安心をもたらす。YouTubeを見る理由として、自分を否定せずにいられるところはあるかもしれない。本とも映画とも違って、「素養がない」と落ち込まずにすむからだ。適当に見ていられる。

テレビは見られない。テレビとなると、子どもたちもいっしょだ。テレビをただ茫然と見ているだけの状態を子どもに見せるわけにはいかない。なぜなら僕は親であり、絶望状態の彼には、「父親とはかくあるべき」という結論が出ているからだ。

そんな状態だから、僕はアトリエにひとりこもり、スマートフォンでYouTube動画を見る。どうでもいい動画を見ていると麻痺できるし、素養に欠ける自分を責めることもない。ただし、せいぜい30分ぐらいの番組を3つぐらいが限界だ。それ以上はむなしくなってしまう。

苦しい状態になると、麻痺を求める。麻痺するために、なにかに頼ることになる。

アルコールは金がかかるし、二日酔いと離脱症状もきつい。となると、僕の場合、YouTubeがいちばん適当にささっとできて経済的なのかもしれない。自分にとってどうでもいいものを真剣につくっている人がいると思うと、なにかなぐさめられる要素もあるのかもしれない。

もっと文化的に生きたい。きついときは家に置いてある宮沢賢治全集でも書写しながら読破したい、なんて夢もある。だが実際には、タロット占いみたいにパッとページを開いていい文章を見つけるぐらいしかできず、1冊読みとおすことができない。

絶望状態の僕は、書棚に並んでいる本から逃げるようにスマートフォンと向きあう。布団のなかで1時間半は麻痺できるので、それなりに効く麻薬ではある。しかし、けっきょく最後は苦しい。最後と言いつつそれははじまりで、もだえながら、かといって寝てもいられない。すると僕は歯をみがく。風呂には入れないが、歯はみがける。歯をみがいていいる間は、それなりに過ごせる。手を動かしつつ、なんかスッキリするからだろうか。外に出て美味しい空気でも胸いっぱい吸えば、なんとかなるのはわかる。みんな僕にそう言うし、もちろんそれはわかる。今の僕は、外に出るのになんの苦しみもないから、両手を広げて深呼吸することだってできる。

しかし、絶望状態ではできない。僕はアトリエの窓にカーテンをつけていないのだが、六畳間の書斎にだけブラインドカーテンをつけている。こもっているときは、このブラインドをすこし斜めにして光を入れることすらできなくなる。

しかも電気をつけると、僕が家に戻らずにひとりでアトリエにこもっていることがバレてしまう。なので夜9時以降、書斎の電気以外はすべて消してしまう。しかし、いったいだれにバレるというのか。バレてなにが悪いのか。

そこまでしなくていいのにと思うが、それでもしてしまうのが絶望状態だ。許してあげたい。やっていいよ。YouTubeを見てもいい。それですこしでも時間が麻痺するならやっていいよ。自分を否定するくらいならやっていいよ。やっていいよ、と言ったところでやっている自分を否定するのも知っているけど、それでもいいよ。

こまったら、最後の最後のおまじない。フーちゃんの言葉を思い出そう。

「死ななきゃなんでもいいよ」

そして、歯をみがこう。風呂は入らなくていい。でもこの前、朝6時からやっている温泉センターにまだ人が寝静まっている頃に車で向かって、風呂に入った。人目を気にしてしまい、30分も浸かっていられなかったのだが、それでもあそこは使えることがわかった。どうせ眠れないのだ。早めにさっと車で出て、オープンするまで近くの駐車場で寝て、温泉に入ったらいい。めんどうくさくて風呂には入れないのに、温泉には入れる。前回の絶望状態で見つけた、数少ない気持ちよさのひとつである。3日に1回ぐらいは温泉センターに行くのはどうかと提案したい。

でも、家に帰ってきたら、また同じように苦しい状態が続く。寝るのは難しく、もうYouTubeもきついから、次は病気を調べはじめる。躁鬱でこまっている人たちや克服した人たちの手記みたいなものを読む。無意味だとわかっていても、それ以外に興味が持てないので調べてしまう。わかっておいてほしいのは、なにに対しても興味がない、好奇心が失われたというわけではなくて、この絶望状態を抜け出すことにしか興味がないということと。なので、調べたいのなら、どれだけ調べてもいい。

僕の場合、最後はいつも、神田橋語録と北杜夫についての病跡学のＰＤＦに行き着く。それにしか助けられることがないから。

北杜夫の本を1冊も持っていないけど、揃えておくといいのではないか。北杜夫先生は、晩年は鬱で本当にひどそうだったから、その頃の本も持っておくといいかもしれない。調子がいいときではなく、調子が悪いときに北杜夫先生はどんな感じだったのか、それを押さえておくのは僕の仕事だろう。今のうちに揃えておこう。これは備忘録。あとは福島章の宮沢賢治と躁鬱病の研究本は面白かった記憶があるので、手元に置いておこう。

絶望状態になったときにもじつは読める本があって、それは自分と同じ境遇になった人たちの本、つまり絶望状態でなにをしたかが書いているかもしれない本だ。それらを躁鬱文庫として、こまったときの備えにしよう。苦しくなってからでは遅いので、早めに準備しておこう。どんな本を読んでも、けっきょくは助けられない。それもわかっている。ただ、YouTubeよりはましな麻痺であることもたしかなのだ。

麻痺は、時間を遅延させることでしかない。苦しみは変わらない。本を読み終えれば、温泉から帰ってくれば、その時点でまた力強い絶望が襲ってくる。

でも覚えておいてほしいのは、その絶望の、絶え間ない、途轍もない力のことだ。そのエネルギーは衰えを知らない。朝だろうが夜だろうが、毎日毎秒ずっと襲ってくる。

２０２２年の９月と10月は、ずっと気分変調ポイントをつけていたので転記しておく。

◎気分変調ポイント
9月7日　＋10　軽躁状態
9月8日　＋10
9月9日　＋8
9月10日　＋8
9月11日　＋7
9月12日　＋7
9月13日　＋7
9月14日　＋7

9月15日　＋7
9月16日　＋7
9月17日　＋7
9月18日　＋6
9月19日　＋6
9月20日　＋6
9月21日　＋6
9月22日　＋6
9月23日　＋4
9月24日　＋4
9月25日　＋3
9月26日　0　鬱突入
9月27日　−2
9月27日　−2

9月29日　−3
9月30日　−5　希死念慮
10月1日　−6
10月2日　0　一瞬よくなる
10月3日　−5　絶望に戻る
10月4日　−4　創作再開　＊第2章「脱出1日目」
10月5日　0　ラクになった　＊第2章「脱出2日目」
10月6日　+5　元気になった　＊第2章「脱出3日目」

10月10日

元気になったとたん書けなくなった。でもこれはいつものことだから、いいのである。

7日は、精神科の病院で2週間ぶりの診察。8日は、前の夜に一睡もできなかったのでぜったい出ることができないと思っていた、寺尾紗穂ちゃんとのライブに無事に出演できた。しかも、緊張もせずに楽しく過ごせた。お客さんもたくさん来てくれた。

そして、ようやく眠れて翌9日は、お昼過ぎまでパジャマでいて、その後、親友が大阪から泊まりにきてて、前野健太くんのライブに行きたいというので、車で送ってあげた。自分もライブを観て、でも運転があるからお酒も飲まずにノンアルコールビールで楽しく過ごせた。自分から前に出るようなことはしなかったが、ダンサーに手を引かれて前に連れてこられてしまったので、そこはひとつと真剣にダンスを楽しんだ。お客さんもそれを観て喜んでくれたようだ。ときにはハメを外して音頭をとることも僕の喜びなので、うれしかった。

完全に絶望して死のうとしていた人がそうではなくなると、これである。だれも、僕が先週まで鬱で死にたいと思っていたとは想像できないのではないか。それこそ、僕でさえ信じられないのだからむりもない。

しかし、今回の鬱明けの様子はまた今までとすこし違う気がする。

もちろん元気は元気で、それもとびきり元気で、楽しくて、アイデアが浮かんでしまって眠れなくなることもある。だけど眠れなかったのは1日だけだし、それ以降は睡眠薬を使わないでも疲れて眠ることができた。お酒もほとんど飲んでいない。電話もほとんどしていない。SNSは一度もしていない。

つまり、外に力を出しすぎていない。ライブはやったけど、あくまでも仕事だ。友人のライブで踊ったのも、僕のなかでは盛り上げるための大事な仕事である。それ以外は、基本的にだれとも会わずに、家でぼうっとできている。

子どもたちのおかげもあると思う。子どもたちがいっしょにいたいと言ってくれるので、今は、溢れ出す優しさを家族に注ぎ込んでいる。すると、出しすぎても笑って喜んでくれるだけで、お金も使わないし、疲れもないし、穏やかでいい感じだ。

お酒を飲まないのも、今回とてもいい感じだ。なにより、お酒を求めてもいない。この間、タバコを手巻きタバコに変えてみた。それまでチェーンスモーキングだったのが、手巻きタバコをつくる作業は儀式みたいで楽しく、大事に吸うようになったことで、1日5本程度ですむようになった。

#10月11日

◎気分変調ポイント
10月7日　＋6
10月8日　＋7　ライブで歌いサックスを吹く
10月9日　＋6
10月10日　＋5
10月11日　＋5　非常に穏やか

8日間、絶望状態を過ごし、その後、ゼロ状態が一瞬訪れ、そして、プラスの状態のまま1週間が経過した。今、絶望状態の記憶があるかというと、正直ほとんどない。行動の記憶はある。自分がなにをしていたのかは覚えているが、なぜそんなことをしていたのかがわからない状態。だから、まったく別人に見えている。

でも今、僕は感心している。なぜなら絶望状態のときのほうが、けっきょく原稿が書けるからである。元気なときは、絶望しているときよりも集中力に欠けている。裏を返せば、元気なときよりも絶望しているときのほうが集中力がある。

絶望しているときは現実には場所がないので、仕事場に向かえばいい。ここでいう仕事場は現実のなかの僕の書斎ではなくて、僕が創作を行う世界のことである。

多くの人にとって絶望とは避けるべきことなのかもしれないが、僕にとってはなくてはならないもの、避けようとしても不可避なもの、避けてもしかたがないし、べつに呼び寄せようとしても寄ってこないものである。当然、意図してできるものではないし、でも、変わらず定期的にやってくる波のようなものである。

僕は今、この「絶望ハンドブック」を完成させたいと思いつつ、書きながら別のことを考えている。そうやってながら人生を送ると、より多様な刺激が風となって、体のなかを通りすぎていくので、うれしくなる。

回り道をすればいいのだ。先に進むためには、回り道しかありえない。

ひとつの自分でいることを完成させるのではなくて、僕は分裂して、躁鬱を繰り返して、それでなにをやっているのかというと、おそらくいろいろな道を歩いている。道を見つけては練り歩く。つまりは、それが量をつくるということだと思う。

僕は「質より量」とよく言っていて、最初はやみくもにつくる。だが、それはむだな行為ではなくて、いろんな道を回り道をしまくっているのだ。すると、ときどき道が交差する。そのように、森のなかで動物や人間が歩くうちに自然にできあがった道のことを、英語では「Desire Path」と呼ぶらしい。

そのつどの苦しみやもだえから逃れるために、吸える空気を求めて、必死に体を起こして、なにかをつくる。それは一時のその場しのぎに見えて、じつはそうではないことを、僕は絶望している君に伝えたい。

これが通じるかどうかはわからないけど、今回、この「絶望ハンドブック」を書いてきて、元気なときの僕に、穏やかさと静けさが備わってきた気がする。この静けさは、躁の僕ではなく、鬱の君がもたらしたものだと思う。

きっと君は、僕が元気なときも、どこかの道の茂みに隠れて座って、息をしているのではないか。

昨夜は10月10日の満月で、ネイティヴアメリカンたちは、この10月の月のことを「狩猟をはじめる季節」と呼ぶそうだ。そのような感触が、たしかに僕のなかに今、ある。この森のなかで、僕はさまざまな可能性を考えている。

今、手元には『ポータブル・フォークナー』の日本語訳の新刊がある。

僕はフォークナーを読めたためしがない。ただ、渡辺京二さんが『ふなねずみ』という小説を早く書いて、死ぬ前に読ませなさい」といつも僕に言っていた。近所の信頼する本屋である橙書店の田尻久子ちゃんが、「もしかして京二さんは、フォークナーのような、すべての物語がひとつの地図、ひとつの歴史のなかで書かれているような小説のことを言っているのかもよ」と言うので、ピンときてその本を買った。そして、本の編集者であるマルカム・カウリーの序文を読んで、そのことを確信した。

僕は「ふなねずみ」を子孫のために書きたい。僕たちがどこからやってきたのか、先祖がなにをしていたのか、そのことがわからなくなっている。それもまた絶望につながっている気がするのだ。

なんにせよ、絶望は「考えろ」のサインである。でも、考えているばかりでは死にたくなってしまう。だから、外でも内でもいい、家のなかだろうが、近所だろうが、頭のなかだろうが、どこでもかまわないから歩き回れ、と僕に言ってくる。

そういえば数年前、先祖巡りをしようと思って父と母の故郷である小さな町をただ歩いていたら、ある人と目が合って、唐突に言われた。

「あれ？　ハジメさんのお孫さん？」

たしかにハジメは父方の祖父だ。ただ、目が合っただけでそんなことありえないと思いつつもうなずくと、「見せたいものがあるから、家にこい」と言われた。上野さんという人で、通されたのは彼の寝室だった。いきなりそんな部屋に上がるのかと驚いていると、彼が壁に貼ってある書を指差した。

それはハジメの書だった。

僕は祖父が書を書く人だということすら知らなかった（僕の父方の家系は、母方の家族からすこしおかしな人たちという感じに思われていた。背景となるエピソードはどれもいわゆる躁鬱気質由来のもので、僕はそれを笑えなかった。むしろ共感と心配を抱いていた）。

祖父の書には、こう書かれていた。

一起一伏是人生
勝而驕 敗無悔
胸中平然 抱春風
努力 忍克 運命

(一度上がってもまた落ちる　これがお前の人生だ
勝っても驕るな　負けても悔やむな
胸中はいつも春風を抱くように穏やかでいなさい
努力を忘れるな　苦しくても耐えろ　これは運命だから)

運命、という言葉で終わっている。これは「命を運ぶ」、次の人につなぐことが運命なのであり、つまり自分だけの問題ではないと僕は今、感じはじめている。

この絶望ハンドブックは徹底して自分のために書くとしてきたが、すこし訂正させてほしい。なぜなら、この坂口始が書き残した書は、始が僕に書き残した「絶望ハンドブック」にほかならないからだ。

つまり、僕は今回、僕に向けて書くだけではなく、僕の子孫に向けても書いているということだ。これが回り道なのかもしれない。僕はさっきまでフォークナーと新作小説の話を書いていたが、それがまたこの「絶望ハンドブック」につながるとは思わなかった。

意味が通じなくてもいい。苦しいとき、僕は現実にはいないから。

現実はなにも助けてくれない。いつも助けてくれるのは、この祖父の書のような断片である。だれかが書き残したものである。

だから僕も、なんでもいいから頭に浮かんだことを書いておく。

「書き残しておいてね」

だれかが、体が、僕にそう伝えてくる。

道具としての絶望

#10月12日(+5)

絶望状態のとき、自分がつくる作品はすこしもいいと思えない。つい、くそみたいな作品だと思ってしまう。そして、過去の作品に対しても攻撃がはじまる。

元気がいいときはそんなことをしない。べつに褒めるわけでもないけど、でもそうやってつくってきたから生き延びられたことを誇りに思っている。どんなときも、ぜったいにあきらめないでつくってきたから。

たくさんの人からこれまで優しくしてもらってきた。いつも、周りの大事な人たちがはげましてくれた。そこで僕がどうにかできることは、つくることだった。それがいちばん、僕をラクにさせてくれたし、人生を前に進ませてくれた。

絶望状態に入るとそれを忘れてしまう。今の僕には理解できないが、つくること自体がいやになる。しかし気づいてほしいのは、そのときはすべてがいやになっているということとだ。つくることだけがいやになったわけではない。

今の僕は、毎日朝4時には起きて、毎日つくっている。こうやってつくることで人生を過ごせて、本当に感謝している。つくることで時間が過ごせるのは、本当に幸福なことだ。なのに絶望状態では、そのことになかなか気づくことができない。

でも、そうなってしまったら、しかたがない。

絶望状態のときに、それでもどうやってつくるかを考えておきたい。

僕はほかのだれの本を読んでも、ラクにはなれない。おそらく、ラクにすることができるのは自分だけである。

ただ、昨日気づいたのは、それは自分のためだけではないということだ。そして、きつかろうが、苦しかろうが、それでもつくるということだ。つくれば、僕が祖父の書を読んだようなことがいつか起きる。つくらないかぎり、それは起こらない。

つくるということは、自分の表現とかそういうことではない。自分のことをだれかに認めてもらいたくて、つくるのではない。僕には、そういう気持ちはほとんどない。つくることはどうにかして、この人生の時間を過ごすための、僕にとっての数少ない、というか、唯一の穏やかな方法であり、サバイバル術である。僕はそれを行うことで、どうにか生きている。もしもこれを取り上げられたら、つまり、つくることをあきらめたら、僕は生きていけるかどうかわからない。おそらくむりだ。

ただペンでなにかを書くだけでいい。それでもつくることだ。僕は毎日、ここに存在していないものを新しく生み出す。すこしでいいから、先に進める。それが自分の内側にあるものなのかどうかも気にしなくていいと思う。これは僕の表現ではないのだから。僕の表現、という感覚からも抜け出したい。絶望しているとき、どうしてもそこに拘泥してしまうから。

完成とかもあまり関係がない。いっそ未完成のままでいい。それよりも大事なのは、一度つくったものをぜったいに捨てないことだ。

ほかのものはなんでも捨てていい。だけど、それがどんなにつまらない原稿やつまらない絵だと判断したとしても、ぜったいに捨てないこと。失敗しても捨てないこと。失敗とか成功とか、うまくいったとかいかないとか、売れたとか売れないとか、まったく関係がない。つくることは、そういう事後の判断とは関係ない。事後の判断は、状況によって大きく左右されてしまう。しかし、つくったものはそのままで命を宿している。つくったものは揺らいでいるように見えて、実際に常に揺らいでいるが、それはそれを見る人も揺らいでいるからで、僕が死んでも生きつづける。

後世の歴史に残すためにつくるのではない。そんな見栄のためになんかつくらなくていい。でも、子孫のためにというイメージはあってもいいかもしれない。彼らが見るかもしれない。読むかもしれない。僕みたいに、先祖を探しはじめるかもしれない。なぜなら、こまっているからだ。苦しんでいるからだ。

絶望状態に入ると質にとらわれてしまうが、質は無視しよう。量を考えていく。とりあえずつくるだけつくっておいて、ぜったいに捨てないこと。大事にはしなくていい。作品整理棚に置いて見返したりなんかせず、そのまま放っておくこと。自分の判断を信じないこと。信じるべきはいつも、どんなに苦しくてもそれでもつくろうとする自分の意志だ。

絶望状態にあっても、そのかすかな意志は残っている。いいものをつくりたいと思うから、いやなところやだめなところが目に入る。それもわかる。しかし、分析と批評はできるだけ元気なときにやること。元気なときはすべてがオッケーとなる。元気なときの僕は、自分の作品をよいと思えたり、ここはもうすこし手直しが必要だと思ったりする。つまり、直すことはある。よりよいものにしようとする意志だから、それはかまわない。

絶望しているときはつくること以外に時間を過ごすことができない。

これを前提としていこう。

苦しいとは思うが、ほかのなにをするよりもラクだと思う。外に出たくなければ出なくていいし、でも作品をつくって、やりきったと思うまでやりきると、不思議と体が疲れて、光を浴びたいと思ったり、外の空気を吸いたいと思ったり、それこそビールでも飲もうという気分になる。そうなったら、静かに外出すればいい。

充実することはないとしても、作品をつくる。その行為を継続していけば、作品自体には納得いかないものがあるにせよ、行為の蓄積による満足感は発生する。その満足感を力に、すこしだけ外に出ればいい。だれもいないところに車で出かけていって、思う存分、歩けばいい。むりはせず、ヘッドフォンをして音楽でも聴きながら、黙々と歩けばいい。帰って眠くなったら寝て、それでも目が冴えていたら、疲れていようがまたつくる。そのときは苦しいが、そこでつくったもののおかげで、元気になって振り返ってみれば、新しい作品ができていることに気づく。

そうやって、おとといくらいからまた新しいシリーズが生まれたようだ。パステルで塗った紙を使ったコラージュ作品。これは、２０１５年ぐらいから続けてはいたもののなにか意味があるのかとずっと疑問視していたアクリル絵の具を使った日記絵のシリーズと、２０２０年から続けてきたパステル画のシリーズの融合バージョンになっていると思う。

モンドリアンが風景を描きながらすこしずつ抽象化していったように、僕のなかで、かたちをそのまま模写する段階から違う段階へと向かいつつある。興味深いのは、この新しいシリーズの源流をさかのぼると、絶望状態のときに風景を見ることができずにただパステルを動かしてなにか描いた暗い抽象的な絵のシリーズに突き当たるということだ。

そのときはつまらないと思っていたことでも、手を動かしてつくる行為を続けていれば、いつかの変化につながる。手を動かすことにむだはひとつもない。

だから、ぜったいに捨てないこと。

手を動かし、満足するまで、疲れるまで、毎日つくりつづけること。

絶望は、その行為をむしろ促している。質にこだわり、ひとりよがりになろうとする僕をなだめているのかもしれない。

絶望は僕にとって、ひとつの道具なのかもしれない。使うのはかなりしんどいが、それでも僕に備わった大事な道具だ。

体のなかにあるから、自分の絶望であると勘違いしてしまうが、実際は僕と関係のない道具なのだ。それが次のだれかになにかを伝えるため、僕の意志とは関係なく、自動的に作動する。僕のなかに電源装置があるのかどうかはわからないが、僕の苦しみがエンジンになっている気はする。そのおかげで僕は外にも出られず、だれかに力を注ぐこともできずに、ひとりで部屋にこもって、つくりはじめなくてはならない。

これは僕の仕業ではないのだ。つまり、僕自身も道具のひとつなのかもしれない。

人間的苦悩から、さっと身を引こう。道具になりきればいい。つくりつづけるマシンになる時間がやってきたと、その指令に身を任せるように、自分自身でいることをあきらめたほうがラクになれる。

#10月13日(+3)

今日は風邪をひいて調子が悪い。ただ、体調が悪くても、気分は穏やかなままだ。鬱のときとは違う。鬱が風邪みたいな感じならいいのに。そうであれば、風邪を引いたから、ゆっくり横になっていようと思えるし、横になればよく眠れる。

だが絶望状態では、横になっているのがいちばんきつい。自分に文句を言いまくるからだ。風邪と鬱はまったく異なる。心の風邪と言われることもあるが、ぜんぜん違う。今日は仕事は休みにするが、それでもアトリエには行って、記録を残しておこうと思う。

風邪のときは体がきつい。精神的には問題ない。つまり僕はつくりたいと思っている。だが、腰が痛くてつくれない。寝ていたほうがいいなと思う。これは症状としては、絶望のときとは異なる。絶望しているときは、じつはなぜか頑丈なのだ。もちろん、同じように体が重いし、寝ていたいと思うのだが、風邪とはあきらかに違う。

風邪の今も、つくりたいとは思っている。でも、「つくりたい」よりも、「ゆっくり休んだほうがいいよ」と思っている。自分を否定していない。

ここ最近、かなり集中的に制作をしてきたので、疲れもあるだろう。とはいっても、毎日すこしだけでも前に進むことを忘れたくはないので、朝早く(今はまだ4時前だ)、この原稿を書いた。

自己否定と5つの伝言

#10月14日(+4)

風邪はすこし治った。風邪のときはいつまでも寝ていられるから、それがうれしい。小学生の頃、喘息で学校を休んで、家でよく寝ていたことを思い出す。

あの頃は絶望することなんかなかった。はじめて精神的に不調を感じたのは、高校生くらいか。いや、中学生のときにもあるにはあったのか。当時の記憶はぼんやりしているが、同じように直近で絶望していたときの記憶についても、まだほとんど時間が経過していないにもかかわらず、遠くでなにかが鳴いていたようにしか感じられない。

今はとても穏やかだ。12日前には死にたいと思っていたことが信じられない。そして、もうあんなことにはならないはずだとしか思えない。この穏やかな状態もあることを、どうやったら絶望しているときの君に伝えられるのだろうか。

まあ、この穏やかさも君に言わせれば、元気で覆っているだけで、内側ではずっと悩んでいるんだろう、ということになる。しかし、僕が君の心のなかまではわからないように、君も僕の心のなかまではわからないはずだ。だから、僕のことは他人と同じように接してほしいし、僕も君を他人だと思って接する必要があると思う。だから君は、元気なときや穏やかなときの僕のことを推測することはできても、断定することはできない。そして、きついのは絶望状態の君であって、僕ではない。

では、なぜ君が毎回、その絶望状態を担当しているのだろうか。

今ふと思ったのだが、絶望状態を担当しているのは、毎回本当に君ひとりなのだろうか。もしかしたら、違う可能性もありえるのではないか。

つまり、僕もその絶望状態を過去に何度か担当したということはないだろうか。

僕のなかに、元気な人、穏やかな人、そして絶望している人など、それぞれ固定的に見てきたが、彼らだって一人ひとり波があるはずだ。そう考えたほうが自然ではないか。

だから僕は、だれか他人に、つまり、それは僕のなかの他人ということだが、その人に向けてではなく、あくまでも今日の僕、いまここにいる僕自身に向かって書いてみよう。

今日の僕が、絶望状態に入ってしまったときにどうするか、僕は僕に伝えてみよう。

(1) 対人関係の悩みは絶望状態の合図

絶望しているときは、対人関係のことに悩んでいるようだ。

対人関係とは、どういうことか。今の僕にはわからない。今の僕は、人との関係において、ほとんど悩んではいないように見える。べつに人とたくさん会っているわけではない。おそらく会っている人数自体は、どんなときでもそこまで変わらないのではないか。昨日も家族以外、だれとも会っていない。

ただ、絶望状態では家族とも会えなくなる。とくに子どもとの関係に悩む。でも今、そのことは1秒も考えていない。いっしょにいてもすこしも疲れない。いっしょにいたいなあと思う。だから、人といられたりいられなくなったりするときがあるだけで、絶望状態のときに人といられないことに関しては、悩んでもしかたがない。今はそうしたいと思っているからそうしているだけで、ずっと対人関係で悩んでいるわけではない。これをどうにかして絶望状態の自分に伝えたいが、なかなか伝わらないこともわかる。

対人関係について悩んでいるとき、それはすでに絶望状態に突入している合図であることを忘れないでほしい。なぜなら、今はまったくそのことが問題になっていないからだ。

もちろん僕は、だれといても気にしないという人間ではない。でも君が言うほど、すぐ対人関係に疲れるわけでもない。今の僕は元気というよりも比較的穏やかな、僕のなかでは真ん中のコンディションに近い人だと思うが、他人との関係については、なにひとつ考えていない。

とにかく毎日書くことで、自分の状態についてわかってきたこともある。

たとえば今はどうか。自分のことを書いているが、否定的な書き方ではないように見える。こういうときはいい感じだ。しかし、人間関係や対人関係、子どもとの関係、友達がいない、孤独である、などと書きはじめたときは、絶望状態に入っている可能性が高い。

⑵ 仕事のことで嘘はついていない

対人関係の悩みの次は、「なにをしたらいいのかわからない」と書きはじめる。これも絶望状態の信号である。

では、今はどう思っているか。あいかわらず、なにをしたらいいのかはわかっていない。だが、それが問題になっていない。この本だって、どのように書けばいいのかはわかっていない。でもだからといって、それが一日頭を悩ます問題になっているわけではない。

大事なことは、そこで止めてしまうことなく、毎日すこしだけでも前に進ませること。コツとしては、むりにやってもうまくいかないので、その日に書きやすいことを書きやすいやり方で書くこと。

たとえば今日の仕事で考えると、穏やかすぎて、「絶望ハンドブック」というテーマで考えると書くのは難しいと思ったが、そうではなくて、今日いちばん書きやすい方法はなにかと考えた。そして、今日の気分で、今日感じていることを書くだけだ。それだとむりがないので書ける。きついときにはきついと書くしかないのだから、きついと書けばいい。

でも、ひとつヒントを伝えておこう。

自分は作家でも画家でも音楽家でもないのに、嘘をついてそれっぽく振る舞っていると感じてしまうことがあるが、自分はなにをどれだけやってもその道のプロではなく、あくまでも素人だと自覚しているのは悪くないことだと思うし、それが自分の作品の広がりにもつながっている。ただし一点、「嘘をついて」という部分だけは訂正したほうがいい。

僕が思うに、絶望状態の僕は、嘘をついてやっているどころか、自分が感じていることをそのまま出す傾向にある。つまり、むしろ素直に作品がつくれている。

(3) 絶望とともに自己否定の内側を見つめよ

きついときにきついと書いたからといって、きつくなくなるわけではないことを頭に入れておいたほうがいい。

ただ、きついときにきついと書くことで時間が過ごせるのもたしかだ。書くという行為は、自己否定することを止めてくれる。なにも手を動かさずにひとりで部屋にこもって自己否定をやりつづけていくと絶望状態が進行してしまう。これに耐えられていること自体が信じられない。普通ならオーバードーズしたり、首を絞めるふりでもして麻痺しないとやっていけないはずだが、僕の場合はなぜか耐えることを選ぶ。体の状態としてはかなり鋭敏で頑丈で、こういう言い方はへんだが、なにかをつくるのにはいい状態ではある。ただ、つくることに適した体であるにもかかわらず、つくることを拒否するような言葉しか出てこない。これは僕ではなく、社会の要請なのではないかとすら思ってしまう。でもこれくらいの矛盾状態でないと、新しいものをつくろうとは思えないのかもしれない。

自己否定しないと、次の作品は生まれない。これもまた事実だ。しかし、この自己否定という力は未知の生き物みたいなもので、僕はそれにまたがってみるのだが、扱い方まではわかっていない。下手すると、「きつい、きつい」とただ書きつづけてしまう。それでも50枚ぐらい原稿を書けば、それなりに満足感はあるが、それらの原稿が新しいものになった試しがない。

これは小説『現実宿り』が参考になると思う。

2016年に書いたこの小説も、深くて長い絶望期間を経て生まれた。最初、僕は「きつい」「死にたい」としか文章を書けていなかった。しかし、そんな文章はぐるぐると同じところを回るだけで、書いている僕が飽きてしまうのだ。そうなると次には行けない。

もう一周する気持ちは生まれない。しかし、書かないとコントロール不能な力がまた内側で暴れ出してしまうので、外へと出す必要がある。

そのとき僕は、じつは自分の外側ではなくて、内側に風景が広がっていることに気づいた。人物なんかひとりも出てこなくていい。ただその風景を描写することに専念してみたらどうか。

もちろん、すぐにできることではない。はじめは自己否定を自分に向けないかわりに文章を書く、という段階があっていい。そのプロセスも否定せずにいきたい。

でも、そのきつい軌道から抜け出す必要がある。そこで外界に目を向けたいところだが、外には出られないし、人にも会えない。太陽の光もまぶしすぎる。なにか本を読んでインスピレーションでももらいたいところだが、人の目を通した風景や感情描写がしんどくなってしまう。どうしても内側に向かうしかない。そこで自己否定の力のさらに内側へと向かう。砂漠のような自己否定が、本当の砂漠や海や森に見えてくるので、その匂いや広さ、深さに注目してみる。

これはだれから教わることもなく、僕が自分で見つけた絶望の切り抜け方のひとつだ。

そして、実際に『現実宿り』、『建設現場』、そして出版されてはいないがすでに2000枚も書いた『カワチ』という3冊の長編小説に結実し、ほかにもいろいろと短編が生まれている。短編のほうは、主に柴田元幸さんが雑誌「MONKEY」に掲載してくれる。だから、いずれもかたちとなって外に出すことができている。

カフカを読むと、同じようなやり方をしていたかもしれないと思う。ベケットを読んでもそう思う。そんなとき、僕は苦しくてよかった、絶望があってよかったと思う。この絶望という道具がないと、穴を開けたり、作品を切り出したりすることができないのだ。

きつい、と書きつづけているときは、じつは次の作品が見えはじめている。だめでもいい。つまらない作品になってもいい。そもそも他人に読ませる目的でもない。自分に働きはじめている自己否定という力の内側を、絶望という道具を使って歩いてみよう。

書いている途中だろうがなんだろうが、きついのは変わらない。きつさがなくなれば、風景が見えなくなるので、よけいに苦しくなることもある。心配しなくていいのは、それは死ぬほどの苦しさではないということ。死にたくはなるが、風景を見つづけて延々と書いたところで、死ぬことはない。最後まで到達すれば、作品が完成するだけだ。そして、そこに辿りつくには、かなりの絶望が必要となる。

(4) 目の前のこと以外に解決すべき問題はない

絶望している僕は、絶望のその瞬間だけに集中してほしい。絶望状態で、ほかの精神状態のときを推測するのは、高速道路を走りながら周りの看板の文字を確認するようなものだ。正確ではない上に、事故にもなりそうなので、とにかく目の前のことに集中してほしい。そして、僕に関するあらゆる問題の解決については、できるだけ元気なときへと回してしまおう。

いつもそれをきついときに解決しようとして、こんがらがってしまっている。真ん中の状態の僕として断言するが、今の僕に解決すべきと思われる問題はほとんどない。あっても細かなものがいくつで、それを解決する必要があるかないかと問われれば、どちらでもいいかなと思う程度だ。

それよりも、僕は作品をつくることで生き延びてきたのだから、次の作品をつくることのほうが重要だ。自己否定の力は、自分の内側の否定ではなく、内側の風景を見るエネルギーに変換しよう。そして、作品制作へと向かおう。内側に小さな穴をこじ開け、広く風景を覗き見るようなイメージで。

絶望状態の僕ができるいちばんすごいことは、その小さな穴を開けたり、見つけたりできることだし、その穴のなかに入り込んで、僕が今まで見たことがない風景を文字や絵や音楽にできるところだ。それが世間的に通用するかどうかは関係なく、それらの作品によって僕がなにかに気づかされることもあるし、実際にそれで命拾いしているのだから、僕としては絶望状態の自分に感謝したいと思っている。

君がいないと僕は存在しない。でも君は、あくまでも今、状態としては真ん中ぐらいだと思っている、＋４の僕にとっての僕自身である。

ほかの僕に関してはわからない。このへんの線引きはそれはそれなりに重要かもしれないが、その時々の自分が、その時々の状態を口にしていることが真実だと思う。きついときに、「きついから死にたい」と言っている僕は真実だ。しかし、そのときに、今の僕を推測するのは間違っている。理由は簡単で、他人の心は理解することができないからだ。こうやって他人であることを理解しておく必要がある。僕ももちろん、絶望状態のときの自分を理解できない。

しかし、絶望状態はもしかしたら当番制かもしれず、僕も何度か経験したことがあるかもしれないと思って、今回は番が回ってきたときの自分に向けてメッセージを送っている。そのため、これがすべての絶望状態の僕にあてはまる解決法ではないことも、僕は理解しているつもりだ。

(5) 思う存分、作品制作に集中せよ

今の僕は、容易にリラックスできる。作品をつくらないで寝て過ごすことも、できるといえばできる。ある程度、1日でやりたいと思っていた作品ができあがると、あとはゆっくり過ごすことができる。

一方、絶望状態のときは、リラックスできなくてあたりまえというか、臨戦体制に入っているような状態なので、緊張しつづけている。目の前の作品をつくることにだけ集中していて、ほかのことにかまっている余裕はない。当然、子どもたちともゆっくり過ごすことができない。

そういうときは、自分が一家の大黒柱だと勝手に思い込んで、作品制作だけに集中していいと思う。これは後日談になるが、そのことで子どもたちと距離ができたり、わだかまりができたりするようなことはない。安心して作品制作に集中してほしい。妻のフーちゃんもそう言っている。

対外的な仕事もすべて断って、作品制作に集中できるときでもある。むしろ、それはとてもいい環境なのかもしれない。苦しいことだけはつらいが、つくることに関しては恵まれた状態だとも言える。これがすこしも苦しくなかったら、すぐにほかの人のことを考えて、気を遣いはじめるだろう。苦しいから、自分のことだけに集中できる。

どうやっても僕はつくるしかない、という状況に陥るのだ。笑いながらその穴に落ちていければいいが、そんな余裕があるなら、家でゆっくり過ごしたり、外に遊びに出てしまうだろう。じつに絶妙なバランスである。

これに関しては推測なので、君からの正直な感想がほしいところだ。

第4章 絶望と生きる

原点に戻る

#10月15日(＋4)

いつも気分が変わる。

でも、それは悪いことではない。僕にとっては自然なことである。変動を恐れすぎていたかもしれない。きつくなると苦しいから。

今日は、14年前に師匠の石山修武が書いてくれた書評を読み返して、大学生のときのことを思い出していた。あの頃、何日も寝込むなんてことは一度もなかった。元気がないときや、将来、僕はいったいなにをするんだろうと不安なときはあったけど、それでも手を動かすことを止めたことはなかった。考えることを止めたこともなかった。

そんなとき、僕の母校である熊本高校から、卒業生に向けた言葉をもらえないかという依頼を受けたので、その大学時代のことを文章に書いた。

はじめまして、僕は坂口恭平と言います。44歳です。職業はなんでもやっていまして、本を書いて、絵を描いて、音楽をつくって暮らしています。あとは自分の携帯電話の番号090-8106-4666を公表し、死にたくなったらいつでもかけられる電話サービス「いのっちの電話」をひとりでやっています。

僕は自分で書いた本をいろんな出版社から出していますが、ときどきは自分でつくった出版社からも出します。音楽も自分でCDをつくって、販売しています。絵は、自分で美術館をつくって、そこで販売しています。そういったあれこれを自分のつくった会社で運営して、生活をしています。

僕は小学生の頃、自宅にある自分の学習机を使って家みたいな空間をつくり、そこで寝たりしていました。それを見た父親が、建築家になったらいいじゃんと言いました。それで僕は、小学生の頃から建築家になることを目指します。高校生の頃、受験をしようとなってはじめて、大学に建築学科というものがあることを知りました。建築家になるための勉強がいよいよできるんだとワクワクしました。

しかし、当時の熊本高校はへんなもので、成績がいいと東大行けだの京大行けだの医学部へ行って医者になれだの、なんだか大人たちがうるさいし、それを聞いて育った子ども、つまり、僕の同級生たちも同じような思考回路になっていました。僕も1、2年のときはそれなりに成績もよく、いい大学に入りなさいという空気を感じていました。ところが、僕は建築家になりたいので、いい大学とかはどうでもよくて、素晴らしい師匠に会う必要があるわけです。当然ながら、いい大学に入りなさいの空気を醸し出している大人たちに、それじゃあ、いったいその大学にはどんな建築の先生がいるのかを聞いても、答えは返ってきません。つまり、だれも知らないわけです。そんなふうでは、たとえ自分の親や担任の先生だとしても、意見を信じるわけにはいかないではないですか。でも、心配はしていませんでした。そういうときのために図書館というものがあるのを僕は知っていたからです。

そこで僕は、高校2年生のときに毎日、中央図書館に通いました。そこには建築雑誌のバックナンバーが20年分ぐらい揃っていたので、隈なく読んで師匠を見つけました。

ほとんどの建築家がお金を稼ぐことしか考えていない人か、見栄えにとらわれている人だと当時の辛口の僕は思いました。そんなとき、ひとりの建築家を雑誌のなかで見つけたのです。彼は、住宅の値段がブラックボックスになっていることを批判していました。多くの大人が、家を購入するとき、ドアノブひとつの値段とか部品で考えないんです。全体で数千万円としか示していない見積書を見て、ローンを組んで買ってしまう。そんなバカなことがあるか、ちゃんと窓枠ひとつがいくらなのかを知った上でないと住宅というものは考えられないし、買ってはいけないと建築家自ら、怒っていたのです。その姿に衝撃を受け、僕は彼の弟子になることに決めました。17歳のときです。彼の名前は石山修武といって、早稲田大学の建築学科で教授をしてました。ようやく僕は自分の人生の先が見えました。この人に会いにいこう。早稲田大学の理工学部建築学科に行こう。もっと言うと、べつに受験で落ちても気にしない、上京して聴講生として潜って、授業を受けたらいいと清々しい気持ちになりました。

これは卒業生に送る言葉なので、もうみなさんは次の道を決めているかもしれません。本当は入学したばかりの人たちに言うべきことかもしれません。

なによりもまずは、自分に最適の師匠を見つけたほうがいいと僕は思っています。自分が生きていく道にいちばん近く、参考になりそうな人はいったいだれなのか。大学の名前なんか本当にどうでもいいのです。とにかく自分が会いたいと思うひとりの人間を見つけてください。そして、その人のところに直接会いに行ってください。僕も会いに行きました。師匠からふざけるなと殴られたこともあります。無茶苦茶な人でした。でも、本気で生きているから、生半可な僕を許せなかったんだと思います。人々に認めてもらうまでは本を書け、自分の考え方を人々に伝えろ、ぜったいに設計はしてはならない。地面に建物をつくる、それが一生残るんだぞ、と師匠に言われたことがまだ楔として頭にこびりついてます。

僕は今40冊の本を書きました。でもまだ建築は設計できてません。自分でもまだだと思っているからです。僕の大学の同級生はみんな師匠の言葉を無視して、今では立派な建築家になっています。僕が建築をまだ設計できない理由を話すと、彼らは静かに黙ってしまいます。みんなお金のために、嘘をついて建物を建てなければいけないと自分でも気づいているからです。僕は高校生のときに師匠を見つけることができてよかったなと思いました。それ以来、僕は閻魔大王が背後でずっと見張っているように、嘘をつくことができません。お金のために生きることもできません。でも、それでたいへんだったかというと、もちろんたいへんではありましたが、今も素直にまっすぐ前を見ることはできていると自覚してます。

多くの大人は自分で経験してもいないのに平気で子どもに命令します。自分で経験すると、挑戦することが恐ろしいこともわかるし、同時に命をかけて生きることの素直な喜びも味わえます。僕はあなたたちに嘘をつかずに生きていてほしいと思います。

でも、そのような人生はたいへんでしょうし、ときには死にたいと思うこともあるかもしれません。そのときは僕に電話するんです。090-8106-4666です。登録しておいてください。僕は細かいことはなにも言いたくありません。好きに生きればいいんです。嘘をつかずに生きるだけ。

でも、こまったら、電話してください。僕も本気で嘘をつかずに生きてきましたから、みなさんが味わう苦悩のほとんどすべてを経験してきています。なにか手助けができるかもしれません。

とにかく幼少の頃から大事にしている思いを、死ぬまで忘れないことです。その思いは遠い未来、あなたにあなたの人生の意味を教えてくれると思います。

僕は今、19歳から23歳くらいまでの短い期間、大学に入学し卒業するまでの間に考えていたことを振り返りつつ、今、自分が忘れてしまっていたことをすこしずつ思い出し、軌道修正していこうと思った。ただ、一度も就職活動をせず、独立する道もわからなかったが、でもとにかく独立して、自分らしい生き方をする。この方針は1ミリもブレたことがなかった。

毎日、師匠の自宅に入り浸っていた。師匠は怖すぎて近づくことすらできなかったが、でも、師匠が考えていることは、素直に純粋によいものをつくる、社会のことを考える、嘘をつかないという姿勢で、心底衝撃を受けたし、感銘を受けた。僕もこのままでいいんだと、遠くからずっと背中を支えてくれていたから、僕は倒れることがなかったのだと気づいた。

このことを今、思い出すのはとても重要な気がする。僕は躁鬱の波で揺さぶられすぎて、自分を保つことに集中しすぎてしまっていたかもしれない。

僕はなにかを忘れていた。自分がどうやって生きるか、なにをしていくか、未来のヴィジョンを見失っていた。あの頃の僕は、それを明確に持っていたように感じる。なにをするかとか具体的なことはわかっていなかったが、なにをしてお金を稼ぐかなんてどうでもいいと思っていたし、そこが問題ではなかった。

作品をつくることですら、問題ではなかった。僕は自由な空間をつくりたいと強く感じていたし、そのお手本となる存在が近くにいた。それを忘れていたのかもしれない。

僕は師匠に会わなくてはならない。まずはもう一度、師匠が書いた本を読むといいかもしれない。師匠の本を再読したことはなかったような気がする。

というか、この師匠の本たちが、あの頃の僕にとって「絶望ハンドブック」であったことに今、気づいた。

僕は師匠がいたから、保てていた。彼の姿が目標だったから、生半可な精神ではいられなかった。なにをしてもまだ甘いと思っていた。僕はそれを忘れてしまっていたのかもしれない。

もう一度、思い出せばいいから大丈夫だ。高校2年生のときに読んだ『バラック浄土』という彼の第1作目の本から読んでみよう。

#10月16日(＋4)

今日も穏やかである。でも寝ようとしないから、寝たほうがいいと思う。夜9時に寝て、夜中の12時に目覚めて、その後、4時まで起きていた。こういう日があってもよし。なにかやりたいと思ったけど、とくになにもできなかった。ただ、なにかを考えている。

#10月17日(+3)

今日も穏やかだ。つい2週間前には絶望状態に入って、死にたいとのたうち回っていたことが信じられない。こうなると、僕は絶望状態のときの自分のことを、ほとんど想像できなくなっている。だから、この文章はおそらく参考にはならない。だけど、それでも、あのときの自分にどこまで歩み寄れるかという実験をしてみたいと思う。これまでは、一度も成功したことがないのだから。

おそらく今回も絶望状態に入ったときに読み返すと、「おまえはオレの気持ちがわかっていない」と君は切り捨ててしまうだろう。

ここまで穏やかなときは、「もし、また自分が絶望状態になったら」という考えはいっさい頭にないし、「二度と僕は絶望状態に入らないだろう、だからもう大丈夫」だと過信すらしている。こういうときに「絶望ハンドブック」を書こうなんて、いままでしたことがなかった。それを今回、試してみよう。

「僕が考える、絶望状態の過ごし方」

まず絶望状態に入り込んでいく前に、「あれ、おかしいな？」という状態が数日続くようになる。不安を感じるさらに前に、体中が凝って、早く寝たくなる。

体の凝りがひどいかもしれないと感じたとき、もしくは心臓がすこし痛いような感触があったとき、それでも、つくる作業を止めることは難しい。毎日つくるということが自分の健康を守っているので、つくることを止めたくないと思ってしまう。

それで絶望状態に入ったとしても、元気なときよりも作品をつくるようにはなるわけで（だって、つくらないほうが苦しいから）、そう考えると体がきついと思ったときは、その日は完全に仕事は休んだほうがいいと思う。

しかし休んだとしても、すでに絶望に転がりはじめていると、時間ができたことでかえって自己否定へと向かっていくことが予想される。時間ができればできるほど、自己否定が発動し、立ち止まるたびに自分で自分を殴打するような感覚に陥る。つまり、元気なときは休むことができるが、きつくなると休むことすらできない。

だから、やはりすこしでもおかしいなと思ったら、あらゆる仕事をまずはキャンセルさせてもらったほうがいい。それが、もはや自分ではできないこともある。そのときにはもう、ありとあらゆる勇気が吸いとられてしまっている。

逆に、元気なときは、あらゆる恐怖が吸いとられる。だからなんでも挑戦できる。ただ、人間はバランスをとるので、吸いとられたぶんの恐怖はあとでかならず返ってくる。勇気もまた、元気なときに上乗せして返ってくる。そのぶん、無敵のように動けることがある。

こうした自分の体の均衡に関しては、今までどおりでいいと僕は感じている。ただ、絶望状態の君は、「違う」と言うかもしれない。「おまえが勇気を使い果たすから、こんなことになるのだ」と。

では、その無限にすら思える勇気をそこまで使わずに生きていけばいいのか。これに関しては、僕は納得することができない。なぜなら、このバランスで僕は生き延びてきたからだ。それに、今はそれほど勇気のむだづかいもしていない。なにかを実践するときも、ある程度は危険性を考慮し、企画書をつくり、その上で周りの人を納得させてからでないと、前に進まないようにしている。

これに関しては、君からの意見ももらいたいところだ。僕としても、君からの意見に耳を傾けたいという気持ちがある。

しかし、対話をすることができない。

君は今、ここにいるはずだが、その声は聞こえないからである。

とにかくこれらの文章を、再び絶望状態がきたとき、君に読んでみてほしい。正確に言い返してほしいからである。

僕はこう言いつつも、「もう二度と絶望状態は訪れないのではないか」とも考えている。これまでを思えば、そんなはずはないのかもしれないが。

絶望の世界

#10月18日(＋4)

鬱が明けて16日目。今日もかなり穏やかに起きた。

前回は20日間、穏やかな日を過ごし、その後8日間の絶望状態だったので、あと1週間もしないうちに絶望状態に入っていくのかもしれない。しかし、今のところそんな気配はない。やはり今日も、「もう絶望状態にはならないだろう」としか感じられない。とは書きつつも、かならずまた絶望を感じるのだろう、とも思う。記録を見るかぎり、きっとそうなる。

しかし、不思議なのだ。今の状態から、死にたいと思うところまで、どうやって変化していくのか。何十回と経験しているにもかかわらず、その感触をつかめたことがない。でも、それはかならず訪れる。

絶望状態の前に体の調子が悪くなり、そのことを気にしているうちに、いつの間にか絶望状態に入っている。そうなると、僕は家族といられなくなる。フーちゃんとふたりだけなら問題ないが、子どもたちとの関係はおかしくなってしまう。

絶望状態に片足を踏み入れると、子どもたちといっしょにいられなくなる。このときにはもう自己否定がはじまっている。その姿を見られたくないということなんだと思う。

アオもゲンも僕が鬱になることは知っているし、べつに驚くこともない。ゲンはいっしょに遊ぶことができないので、できるだけ鬱にならないでほしいとは言うが、鬱になったからといって、ふたりとも僕に文句を言うようなことはしない。静かに受け入れている。だから子どもたちの目は気にしなくてもいいはずだが、それができない。僕はがまんして家族といっしょにいようとする。以前までの穏やかな状態を保とうとして、みんなとご飯を食べたり、布団で寝たりしようとする。このときはもうつくり笑いで、力を抜くと、すぐにガックリしてしまう。頭のなかは自己否定で埋まっており、どうしたらいいかわからなくなっている。

そして、それは窮屈なので、状態は悪化する。がまんできないところまでいくと、深夜だろうがなんだろうが、突然だまって家を出て、アトリエに向かってしまう。すると石ころのようにころころと底のほうへ転がっていく。簡単に絶望状態に入り込んでしまう。

こうなると、もう眠れない。眠れないけど、体は疲れていて動かしたくない。食事ものどを通らなくなる。自分に対する罰として、「食べさせたくない」という感情もある。

フーが心配してアトリエにきても、不機嫌になって、「もう家に帰っていいよ」とわざと言ったりする。でも、本当は助けてほしいと思っている。素直に言葉を発することができなくなる。

助けてほしいのに、だれにも助けてもらうことができないので、そのことにいらだちを感じる。かなりめんどくさい人間になっていると思う。そして、できるだけひとりでいようとするが、ひとりでいたいと思っているわけでもなく、ひとりでいるのはじっくり自己否定したいからで、どうしてそんなことするのかがわからない。

なにをやってもむだだと感じる。仕事なんかしても意味がない。もともと書くことも描くことも音楽を演奏することも下手だし、興味もないのにやっている。「嘘をついている」と言いはじめる。

ずっと僕はつらかったと、調子がよかったときのことも否定しはじめる。嘘をついて、どうにか元気なふりをしていたと言いはじめる。今聞くと、そんなことはないだろうとつっこみたくなるが、そのときに書いている原稿を読むと本当にそう感じているようで、その気持ちもまた嘘ではないようだ。

このときには時間がゆっくり流れはじめており、それをどうやって過ごすかを考えるうちに、自己否定しつづけてしまう。いつものことなので放っておけばまた落ち着くのだが、自己否定が止まらなくなると、自分が病気の人間だとしか思えなくなる。

それはただの鬱期で、時間が過ぎていくのを待つしかないのだが、そう考えることができない。僕にはなにか問題があって、それを早急に見つけて対処しなくてはならないというあせりが、かえって状況を悪化させる。

こうなると止まらない。自分のいいところはいっさい見えなくなり、そんなものがあったとも思えなくなる。もう二度と仕事もできないと考えはじめ、それが勘違いであることには気づけない。

自分の頭や体を叩きはじめる。自傷行為の一種だと思う。食事をしないのも同じだろう。自殺こそしないものの、寿命で死にたい、このまま病気ということで死んでしまいたい、と思っている。

しばらく休めばいい、という冷静な意見もいっさい耳に入らない。毎日24時間を過ごさねばならないことが耐えられない。


この苦しみは定期的に襲ってくる。

理由はない。しかし襲ってきているときは、理由があるように感じられる。すべてのことが自己否定のタネとなる。

妄想なのだろうか。でも、絶望状態にあるときには、すべてが事実で、本当のことで、嘘はなく、むしろ元気なときの自分のほうが嘘つきではないか、と本気で信じている。

この一見、妄想としか思えない思考回路が体全身に行きわたると、客観的な思考が完全に失われ、自分は存在しないほうがいいと断定しはじめる。こうなると、もう死ぬしかない、としか考えられなくなる。

電話にもいっさい出られない。調子が悪いときでも電話ができる友人が何人かいるが、その人たちとも連絡がとれない。人にはいっさい会えなくなってしまう。

そんな最悪の状態でもフーには会うことができる。しかし、助けてほしいというよりも、フーの前で自分を叩くことしかできなくなってしまう。自傷行為がはじまると、かなり危険な状態となる。それでも、フーは子どもの世話をしに家に帰る。そのこと自体にいらだちを感じてしまう。

けっきょくはひとりになる。自己否定を止めることはできない。それでもさすがに死ぬことはないだろう、落ち着けと何度か客観的なふりをして、家のなかをうろうろするが、外からの目も気になるので、四つん這いで徘徊するような異常な行動になってしまう。

とにかく人に見られたくないという気持ちが強い。さすがにこのままではまずいので、入院したほうがいいのかもしれないと思いはじめる。主治医とは、1週間くらい経てば落ち着くとは思うので、死にたくなったときは気軽に入院できるようにしておきたいと元気なときに話している。

しかし、死にたくなっているときには、入院に対してもかなり否定的にとらえる思考回路に入っている。入院したら終わり、もう立ち直れないかもしれない、などとおおげさに感じてしまっている。

入院するくらいなら死にたい、今すぐなんらかの方法で死にたい。麻薬の過剰摂取で気持ちよくなって死ぬほうがいいのか、などと考えてしまうのが怖い。飛び降りも怖い。ならばと、首吊りで死ぬことまで考えてしまう。縄はギターのシールドがいいのではないか。結び方は、絞首刑用の結び方と釣り糸の結び方が同じなので、あれでやろうと考える。部屋の外側のドアノブに結んで、内側上方にシールドを引っ掛け、ドアのギリギリ上くらいに輪っかをつくって、椅子に乗ってそこに首をかけて、椅子を蹴り飛ばせばいいのではないか。鮮明にイメージまではしている。しかし、実行に移したことはない。

死ぬほうがラクだと思っている。しかし、ラクしてどうする、苦しいからって逃げてどうする、という思考も残ってはいる。

そこまでいってはじめて、死ぬくらいなら、食べずに寝ずになんでもいいからつくったほうがいい。家族も社会も無視して気にせず、部屋から一歩も外に出なくていいから、とにかく書いて、描いて、音楽をつくって、24時間を創作につぎ込め、という意識が芽生える。

それでやってはみるのだが、頭は働かず、ただ手を動かしているだけで、いいものがつくれるとはまったく思えない。それでもつくっている間は、どうやら死のうとは思わないことに気づく。逆に、つくることがなかったら死んでいると思う。つくることがあってよかった。

これで苦しさから離れられるわけではないが、つくっている間は、死のうとはしないし、ぐるぐると続く自己否定もすこし緩やかになっていることに気づく。であれば、なんでもいいからとにかくつくっているほうがましだ、と思いはじめる。こうして、結果を気にしない状態で創作体勢に入ることができる。

そのまま数時間、ぶっ通しでつくりつづけると、なにかがいつもできあがる。よくわからないまま書き上げたものを、作品をいつも見せている友人に送ってみようという状態にまでなる。無事、メールで送るところまでいくと、死ぬことからは一度完全に離れる。

やや満足感に似たようなものを感じると、家に帰ろうかという気持ちにすこしだけなる。でも、まだ子どもに顔は見せられないと思う。腹がへっている。フーちゃんにおにぎりをお願いすることまではできる。おにぎりを持ってきてもらって、食べながら話をすると、いらだちがなくなっていることに気づく。

やっぱりつくりたかったんだ。

気づくのが遅すぎるが、ようやくここで気づく。そして、フーちゃんといっしょに家に帰る。

いつもギリギリだなと思う。でも、絶望状態の僕は、そうやってどうにか回避するしか方法を知らないのだ。なにか対策を練るとか、ラクにつくるシステムを構築するとか、そういうコントロールしたやり方はできないと思う。

いちばん危険な絶望状態のときには、なにかをつくる以外に、自分を助ける方法がない。けっきょくいつもこのことに行きつく。

もうすこし早めにこの方法をとればいいと思うのだが、自己否定の最初の兆候を、つくるタイミングとして捉えることができない。なぜなら僕にとってその兆候は、つくらない、つくる資格がない、などと考えはじめる時期とちょうど重なるからだ。なので、本当はそれは、つくるためにいちばん最適なタイミングなのに、僕はいつまでも気づくことができない。

#10月19日（＋4）

今日も穏やかだ。

穏やかであることも不思議だが、なぜ2週間ぐらい前に絶望していたのか、意味がわからない。もう二度とあんなふうにはならないのではないかと本気で思ってしまう。だが、そんなわけはないはずで、おそらくまた苦しくなるのだろう。

苦しいときに、元気なときの自分のことを想像するのはやめておこう。また、自己否定のかたまりになって見つけた自分のさまざまな問題を、苦しいときに解決しようとするのはやめよう。調子が悪いのに自分の欠点を直すのは、たいへんな作業だ。だから、それは元気になってからにしよう。問題を解決するためにいろいろなことを調べたりするのも、同じく元気になってからにしよう。

じつは、これは今の僕の意見ではあるが、あとで元気になったときに、苦しかったときに見つけた自分の欠点を直そうという気持ちになるかというと、これがまったくならない。欠点はたしかに欠点だとは思うが、正直、あまり気にならないのである。

今、僕は元気だが、躁状態というわけではなく、穏やかで落ち着いていると主観的にではあるが感じている。おそらく家族も同意してくれると思う。つまり、調子としては真ん中からすこし上くらいで、日常生活を送るのに問題がないレベルの状態である。

その僕が感じているのは、とくに解決すべき問題は見当たらないということ。べつに自分が完璧だと思っているわけではないし、細かく見ればいろいろあるのだろうが、まったく気にならないのだ。

自分は自分なりには生きているという実感もある。絶望状態ではそうした実感がまるでなくなってしまうが、今はある。

「躁鬱に苦しんでいる」「波に飲まれている」「上がるときと下がるときがある」「躁になり鬱になる」「落ちる」——そんなふうにこれまで自分のことを表現してきたが、こう書いてみると、はたして僕は鬱なのか、落ちているのか、そこはどん底なのか、上がっているときは元気ということなのか、わからなくなってくる。

8月、もう死ぬこと以外は考えられない状態のときに書いた原稿を読んでみた。

死ぬこと以外は考えられない状態、つまり向き合いすぎると本当に死んでしまいそうな状態だったので、なんとかそこから逃げたかった。しかし、同じ地平では逃げられないので、まったく別の世界をつくるしかないと思った。

というか、自分だけでつくることはできない。僕はよく「つくる」と言うが、実際はゼロからつくっているわけではない。空想を描くことはできない。空想はあまりにも脆弱で、すぐに世界がしぼんでしまう。

そしてもうひとつ、絶望状態のときは、嘘を書くことができない。目の前には、現実の世界がある。逃げることができない。空想が入るこむ隙間もない。その状態を書くことしかできない。ただ、その現実がすこし変容している。異世界というわけではないが、見えるものと見えないものがいっしょくたになっている。

「8月の手記」

いつもまたこの場所に戻ってくる。何度か旅に出て、旅に出るといっても、なにも使わない、足も使わない。足はもうなくなっていて、手もなくなっていて、それなのにしっかりと生きている。生きていることだけははっきりとわかった。息をしている。ときどき息をしていることを忘れてしまう。それでもどうせ息はするから、すぐに息苦しくなれば、あせって空気を吸い込んだ。

ここには空気はあるから、僕が昔いたところと同じ場所だということはわかった。いや、ここは昔のままの場所だ。なにも変わってない。だれもいない。僕はここにいて、とりあえず外に歩きださないと思っていたのだ。もう足はない。いつ切られたのかはわからない。痛みもない。痛いという記憶はほとんどなくなっていて、それなのに、僕は移動する手段がひとつもなくなっていた。だれかから鎖をはめられたわけでもないし、だれかいれば、敵だろうがうれしかったかもしれない。しかし、ここにはだれもいないのである。それなのに僕は、自分でも驚くほどにはっきりと心臓が動いていて、まったく死ぬ気配は感じられなかった。

さて、どうしようか。こうやって考えだしたほうがいい。今の状況に置かれていることに失望したりもしていたが、しかし、その時間はもうとっくに終わっていて、僕は飽きてしまっていた。そんなことをしてもしかたがない。しかたがないのに、ずっと、どうしてこんな状態になったのかと、僕は涙も出ないのに、嘆いたような顔をして考えていたが、ひとつもいい考えが浮かばない。

こうなってしまったのはだれのせいでもなく、僕のせいかもわからず、しかし、僕がここにいるのはたしかだ。だれかに連行されたわけでもないし、車に乗ってやってきたわけでもない。旅をしていたわけでもないし、僕はここを選んで生活していた。水を飲む場所も知っている。川のようなものはなく、不思議なことに、ここではときどきうっそうと生い茂る植物が見えたかと思うと、すぐに消える。消えているはずはないし、森の匂いもするにはする。ところが、すぐに消える。

鼻は動いている。鼻はいろんなものを嗅ぎつけようとしている。しかし、僕にはほとんどこのあたりの生き物や植物に関する知識がなかった。どこかで買ってくるわけにもいかない。ここには金もなければ店もない。かといって、だれもいない場所ではなかった。ここは町のようだ。だれかが住んでいた形跡がある。建物がある。ビルもあった。コンクリートは朽ちているところもあったが、ガラス窓には今もきれいに光っているところがあった。ビルが見えたときは、森は見えない。ここにはなにもない。それは砂漠のようで、でも道が通っていた。車も昔はこの道を走っていたのだと思う。僕は、昔の様子を思い浮かべることができた。

しかし、それは僕の記憶ではなかった。

地下水の音

この「8月の手記」を読み返しても、書いたことはギリギリ覚えているくらいで、なにを書いたのか、どんなことを思い浮かべていたのか、記憶がさっぱりと残っていない。でも、これはおそらく僕自身が書いたもので、しかも今読むと、こんな場所にいたんだ、と自分でもびっくりするくらい、たしかにそこにいた感触はある。

これを他人が読んで面白いのかどうかはわからないが、自分では読んでみて面白いと思った。自分としては、嘘を書くことができず、頭のなかに見えているものしか書けない。そのことに忠実に書いていると思う。書いているとき、むなしかった感覚もかすかにある。こんなものを書いてどうするのかと、いやになっている。しかし、書かないとまた絶望するだけで、絶望にとどまるのはしんどい。

絶望状態のときは、この絶望している現実しか存在しないと思っている。それでも逃げる必要がある。自分にとってリアルな世界へ。空想は使えない。想像力も使うことはできない。つまり、創作ではない。

現実がリアルでなくなっている。実感がない。記憶もない。自分の生きてきた現実の世界が不安定になっている。絶望状態のとき、その不安定さをどうしても悪いこと、だめなことと考えてしまう。それでもいいやとは、どうしても思えない。だからこそ、この「絶望ハンドブック」を自分に向けて書く必要があるのだが、しかし、何度書いても伝わらない。絶望状態を生み出す、見かけの理由のようなものに引っぱられてしまう。

つまり、自己否定である。

自分をだめだと思う力、これに引っぱられて、「なにが正解なのか」という思考回路になってしまう。そして、自分自身のことを「間違いだ」と認識してしまう。このロジックに引っかからないようにしたい。

今は自己否定はないが、絶望状態に入るときにはかならずやってくる。それもせきや発熱などと同じように、毎回ほぼ似たような症状となる。

自己否定には個性がない。年を経たり、経験を積んだりすれば、すこしは変わってもよさそうなものだが、元気なときにどれだけ研究を重ねても、自己否定のやり方は変化しないのである。絶望状態のとき、僕は自己否定の言葉をたくさん記録しているが、本当に毎回同じである。

つまり、自己否定は、自分の体から湧き出たものではあるものの、思考を通過したものではないと予想できる。どちらかといえば、やはり発熱に近い。体の動きを鈍らせつつ、分泌したり、発散したりすることで、なにかを体外に出している。

自己否定がはじまると、動きが鈍くなる。まず、外に出なくなる。人と遊ぶこともできなくなる。電話に出られなくなる。布団のなかで寝ていたいと思う。これらはある意味、風邪の症状によって引き起こされる状態と似ている。

ただ、風邪とは違って、いつまでも布団で寝ていられない。すぐに落ち着かなくなり、家のなかを僕は何周もぐるぐると回りはじめる。つまり、体の動きを鈍らせることを目的として、自己否定が起こっているわけではない。ここが発熱と違うところである。

ただ、外には出るなと体が言っている。陽の光を浴びなくていいし、体を洗ったりしなくてもいい。食事も定期的にとらなくていい。しかし、寝てていいとは言わない。だから、布団で寝ていると、自己否定が止まらないのである。

厳密に言えば、自己否定を完全に止めるには、外に出る必要がある。だが、それは家のなかでのプロセスが終わったあと、最後の仕上げとしての外出だ。そこまでいってはじめて、状態は安定する。それまでは、とにかく外に出るなと体は言っている。苦しいとは思うが、そこは自信を持って外に出ないでいてほしい。

そのためにも、僕は「つくる」という行為を見つけた。

これは、たまりにたまった思考を発散するということでもあるのかもしれない。

思考は僕にとって、流れる川の水のようなところがある。絶望状態になると、僕は外に出ずに、だれにも会わずに、外からの情報にも触れずに、布団にも横たわらずに、どうせ苦しくなるからと起き上がって、眠たくなるまで、疲れるまで、体のなかにたまった思考の川の流れを放水させるべくアウトプットする。

つまり、「とにかくつくれ」という結論に導かれた。

どうか、絶望状態になった君、というかそれは僕自身だが、聞いてほしい。

けっきょくはもう、つくるしかない。思考の水を発散するしかない。

ここはひとつあきらめて、体の神秘を感じながら、絶望を生き延びるための道具のひとつだと認識して、とにかくつくってもらいたい。僕はそれを楽しみにしているし、僕も今、つくりつづけている。

僕にとって、つくることは生きることと等しい行為だ。そして、そのつくる行為の最深部に迫るのが、君のやっている行為なのだと思う。

深く深く、君は素手で、ロープも使わずに降りていく。どん底めがけて、自ら意志を持って降りていく君を、僕は尊敬している。その深い場所を見てきた経験がなければ、僕の作品の背骨はふにゃふにゃで、今のようにはつくることを続けてこられなかっただろう。

だからこそ、あの絶望状態が訪れる。さらに深いところへと向かうことができる。君も僕もまだ底には到達していないが、最深部に流れる、ごうごうと鳴る地下水脈の音を聞きとっているはずだ。

だから、また絶望はやってくる。

今度は僕が降りる番なのかもしれないし、君かもしれない。どちらでも、命は大事にして、降りていこう。そうやって、いつもかならず水脈に突き当たってきたではないか。

僕が書く番はそろそろ終わりだ。

次の絶望を待つ必要がある。ここで書いてきた言語が、そのときの君か、僕自身か、もしくはまた別のだれかかもしれないが、その人に伝達できるのかをチェックする必要がある。僕がやってみたかったのはこの伝達なのだと、今わかった。

僕たちは新しい言語を、日本語を使って生み出す必要がある。それは死なないための大事な作業だ。もともと人間はそのようにして言語を生み出したはずなのだ。

この「絶望ハンドブック」がその道標になるとしたら、僕は希望を持って、次の絶望を待ちたい。

おわりに

この記録は、2年前に書いたものである。今、読み返しつつ、終わりの文章を書いているのだから、僕は生きのびているわけで、つまり、この本の目的は果たしたことになる。絶望を感じたときの対処法がなにか書いてあるわけではないし、どうすれば切り抜くことができるかを体得できたわけでもない。それでも、書くこと自体が対処になった。

ある意味では、対処法を見つけたのかもしれない。

「どうしたらいいのかわからず、こまっている」

そう書くことが、僕にとって唯一の助けになっている。

書くことが、絶望に対する万能な対処法だとは思わない。これはあくまでも僕の方法なのだろう。

ほかの人の気持ちは見ることができない、ひとりよがりにはならないように、という考えはある。もちろん自分でそう言い聞かせたって、ひとりよがりにならないのは難しい。

そもそも僕は、だれにも万能に効くというものに対して警戒心がある。

僕にとって絶望は、症状や病名などから漏れ出た場所にある。医者もわかっていない。どんな本を読んでも書かれていない。どうすればいいのか、ぜんぜんわからない。

でも、絶望はしっかりと存在している。ずっと昔に生まれて、そこで生きているみたいに息をしていて、毎日変化がある。絶望も生きているんだなと、生き物を見るようにしみじみ感じるときがある。

つまり、「絶望」はそこにいる。

目の前か、頭のなか、体のなかなのかわからない。どこにいるのかは見えないが、たしかに気配は感じる。いや、気配というだけでは物足りない。僕の近くでたしかに生きている。

たとえば、「直感」や「ひらめき」について考えると、彼らも生きていると感じることはある。でも、彼らをまじまじと観察することはできない。今は気配も感じない。出会った記憶はあって、それはとても鮮やかで、思い出すだけで喜びを味わえる。

ただ、それはいつも記憶のなかだ。

直感やひらめきは、今どこにいるのだろうか。

僕の近くにはいない気がする。遠くにいるのだろうか。また会えたらうれしいが、こちらから連絡して誘ったりすることはできない。

彼らはまれにやってくる訪問者で、僕といっしょに暮らすこともない。でも、すこし想像してみると、毎日彼らを歓待していたら、おそらく僕は疲れてしまうだろう。それを知っているからなのか、彼らは数日、ときには数秒だけ僕のところに滞在しては、気づくと別れの挨拶もせずにいなくなってしまう。それでも再会すると、会えなかった時間のことなどすっかり忘れて、腹を抱えて笑い合っている。

絶望も、最初は彼らと同じようにある日突然やってくる訪問者だと思っていた。

しかし、絶望は突然やってくるわけではなくて、前兆があることに気づいた。直感やひらめきなら歓待するが、さすがに絶望は自分がしんどくなる。なので、やってきそうな気配を感じると、僕は家の鍵を内側からかけるようになった。

しかし、絶望は家の窓をすべて板でふさいでいても、気づくと、僕の目の前に立っている。一度やってくると、直感やひらめきと違ってなかなか立ち去ってくれない。絶望といっしょにいると重い空気に支配されてしまうので、時間の過ぎる速度は遅くなる。

最初は、帰ってくれという態度だけを示していたが、そんなことをしてもいっこうに帰る気配を見せないので、しまいには、「出ていけ」と声を荒げるようになった。こちらが攻撃的になればなるほど、絶望は帰るどころか近づいてきた。直感やひらめきと遊んでいるときは、家の空間もどんどん拡張していくのだが、今や僕は絶望とふたり、四畳半一間の狭い場所で肩を当てながら座り込んでいる。

次第に、絶望に対して憎悪を抱くようになった。

「もうこいつと心中するしかない」

死にたいと思うとき、僕はこんな感情だった。

心中を決行しようと思うほどの憎悪が頂点に達すると、ふと我に帰った。

絶望を生き物として感じている、そんな自分自身にも驚いた。すべての開口部を閉めきって排除しようと思っても、いつの間にか入ってくる絶望は、他者どころか、血のつながった家族に近い。鬱のとき、僕は家族から離れようとするが、そうやってひとりになってもまだ絶望は僕の近くにいる。

絶望を、「家族よりも僕に近い他者」だと感じるようになっていった。

僕自身ではない。絶望はあくまでも他者であり、でもだれよりも近い存在だった。

家のなかどころか、もともと僕の真横にいる。

どんなに閉めきっても、目の前に現れる。

なによりも近い存在の他者だから、すべてを知り得ることはできない。だから、絶望の気持ちを無視して殺すわけにはいかない。

こうして僕は絶望と心中することをあきらめ、絶望を憎むこともやめ、彼がいったいどんな存在なのかを観察することから再出発した。

絶望を歓待するようになった、と書きたいところだが、そこまでは至っていない。

ただ、絶望がやってくる気配を感じても、もう鍵をかけたり、窓に板を打ちつけるようなことはしなくなった。絶望は遠くからやってくるわけではなく、もともと家のなかにいることも知っている。

絶望の姿を見ても毛ぎらいするのではなく、まずは彼の言いぶんに耳を傾けてみることにした。絶望が僕の目の前にやってくるときは、かならずなにか言いたいことがあるとわかってきたからだ。

今までの僕は、絶望を排除することしか考えていなかった。最後は怒鳴って、叱りつけたりしていた。実際は、絶望のほうが失望していた。話を聞こうとしない僕に対して。それでも絶望は、けっして怒鳴ったりはしなかった。

絶望はどこからかやってくるわけではなかった。僕が無視していただけだったのだ。僕が穏やかに生活をしている最中でも、ときどき絶望は僕に声をかけようとしていた。体調がよいと本当は疲れていることをつい忘れてしまう。そんなとき、じつは絶望が声をかけてくれていた。それはモヤモヤやイライラといった違和感として体に現れていた。そうした体の変化を、今までの僕は、「せっかく調子がいいのに、なぜじゃまをするんだ」と力でねじ伏せてきた。しかし、違和感がたまって耐えられなくなると、絶望は僕の前に出てきて離れなくなる。もしそこで絶望が離れてしまうと、僕の体が壊れてしまうのだ。

つまり、絶望は、命懸けで僕を守ろうとしてくれていたのだ。

そのことに気づくと、普段の生活で感じる小さな違和感を絶望からのアドバイスとして受け止められるようになった。

違和感を感じたときにそのつどしばらく立ち止まると、絶望がかならずなにかひと言、僕に伝えてくれる。イメージとしては、仕事や遊びに夢中になっているところに、我が子から、「外でいっしょに遊びたい」と言われるような感じだ。「今いいところだから、ちょっとがまんして」とつい言いたくなるが、その言葉がじつは僕の体を気づかっていることを理解すると、耳を傾けられるようになった。

もしかしたら僕は、君とすこしずつ話ができるようになってきたのかもしれないし、そうなれたらいいなと心から思っている。

最近、大きな変化がいくつかある。

まずは、躁状態のときと鬱状態のときで僕の記憶は分断されていたが、それがなくなってきた。

この本を書きはじめたのが2022年9月、その変化が起きたのが1年後の2023年

9月から3月までのとても長かった鬱のとき。これまでにないほど長い鬱で、苦しかったのはたしかだけど、長いのは理由があった。

これまでは、鬱になったらできるだけ早く元気になりたい、鬱を追い出したいと思ってきた。でも、もう君の存在に気づいたから、考え方を変えてみた。

それまで鬱の期間はすべてを君に委ねてしまっていたけど、この長い鬱は、僕もできるだけいっしょに味わうことにした。君が話すことにも耳を傾けて、すべてを書き出した。書き出すだけではなくて、一つひとつ僕なりの見解を書いて、それを送り返してみた。苦しいからといってすべてを投げ出して寝込むのではなく、きつくてもできるだけ普段と変わらない生活を送るようにもしてみた。

君が鬱の担当者なんだからと、すべてを丸投げしてきて本当に申し訳ないと思ったよ。あのきつい状態のなかで、今までよくやってきてくれたと感謝を伝えたい。

もう丸投げはやめるので、いっしょにやりくりしていこう。ふたりで手分けしてやれば、そこまで苦しくはないということもわかった。鬱だからといって目をそらさず、毎日の生活をじっくりと眺められるようになった。

なによりも君がどんなことをしているのかをこの目で見たことが、大きな経験となった。躁と鬱の期間で記憶が分断されていたわけではなかった。僕が鬱の世界を見ようとしていなかっただけだった。電源コードを引っこ抜いて、あとはもう知らないと放っておいただけだった。

それなのに君は文句も言わずに、黙々と僕のかわりに過ごしてくれていた。これからは鬱のときだろうと、君に手伝ってもらいつつも、僕が主に受け持っていこうと思っている。君には、ほかにも大事な仕事があるからね。

僕は目を使って外の景色を見ながらいろんなことを思いついたり、体を動かして行動するのが得意だ。

君は違う。君は外の世界にはあまり興味がない。太陽光を浴びなくても、ぜんぜん気にしない。風に吹かれたいともそんなに思わないように感じる。

以前の僕は、君のそんな特徴をよく批判していた。世界は広いのだから、こもっていないで、さまざまな人たちに会わなくてはだめだといつも言っていた。

だが、鬱のときに君といっしょに過ごしたおかげで、それが間違っていたことに気づいた。

君はじつはとても積極的だし、どんなところにでも率先して足を踏み入れていた。でも、それは僕が感じているのとはすこし違う世界だった。

目玉は球体だ。惑星と同じで、北半球と南半球がある。僕が北半球を担当して物事を見ているとすれば、君は南半球を使っている。そうやって、ふたり合わせてひとつの目玉を使っているように僕は感じる。

通常、人間は僕が使っている北半球の部分で外の世界を見ている。君は目玉の南半球で、僕とは違うものを見ていると思う。それは僕の言葉では、内側の世界ということになるけど、君にとってはその場所こそがまさに世界そのものだと気づいた。

夢などを見るときに、僕もすこしだけ南半球の部分を使うときはあるけど、君にとっては、そこがまさに現実なんだなと感じたよ。だから、僕には書けない小説空間が生まれたり、絵画や音楽が生まれる。

僕はずっと君からの返事がないと思っていたけど、これらの作品が君からの返信だと思うと、書き上げた小説を読み返すとき、今までとはまったく違う感覚になった。君からの返事ないというのは、まったくもって僕の勘違いだったわけだ。

あの半年間の長い鬱を終えて今、7ヵ月以上経過しているわけだけど、まだ一度も鬱になっていない。こんなこと、今までの人生ではじめてのことだ。29歳くらいからずっと、1年に3回はかならず鬱になっていたから。

でも、だからといってやみくもに元気でいるのとも違う。今は君の存在がよく感じられる。元気なときは君はいないものと思い込んでいたが、君はずっと僕の近くにいる。

元気なときも、絶望を感じるときも、君はいつもここにいる。そして、僕とは違う目や体の部分を駆使して、君の世界を生きている。

君はずっとこのやり方で生きてきた。

僕はようやくそのことに気づいたよ。

鬱期のまっただなか、まさに僕が絶望を感じて死にたいと思っているとき、君は君の生きる世界の探索に夢中になっていた。

これからは、駄々などこねずに、僕が君のサポート役に回るよ。鬱のときも、むりのない程度に体を動かし、外の風を吸い込むようにするよ。

君は思う存分、冒険をしたらいい。その世界を僕はこの目で見てみたい。

僕は君の世界が好きだ。

そしていつか、君の世界をいっしょに歩いてみたいよ。

＊本書は、書き下ろしです。

坂口恭平（さかぐち・きょうへい）

1978年、熊本県生まれ。2001年、早稲田大学理工学部卒業。作家、建築家、絵描き、音楽家、「いのっちの電話」相談員など多彩な顔を持ち、いずれの活動も国内外で高く評価される。『ゼロから始める都市型狩猟採集生活』（角川文庫）、『独立国家のつくりかた』（講談社現代新書）、『幻年時代』（幻冬舎文庫／熊日出版文化賞受賞）、『Pastel』（左右社）、『生きのびるための事務』（マガジンハウス／道草晴子との共著）ほか、著作多数。

絶《ぜつ》望《ぼう》ハンドブック

２０２４年12月７日　初版発行

著者
坂《さか》口《ぐち》恭《きょう》平《へい》

編集
梅山景央

発行所
エランド・プレス

印刷・製本
株式会社シナノパブリッシングプレス

装幀
木庭貴信＋岩元萌（オクターヴ）

ISBN 978-4-908440-10-6

付録

絶望状態のメモ

#01

いつもなんでなのか知らないけど、なにかを書こうとして、なにを書こうとしているのかわからないのに、書こうとしているというかもう書いている。べつにこれを書いてもなんにもならないと思うのだけど、僕はついつい書いてしまう。書くってどういうことなのかわからないけど、どうやら書いている間は僕は違う人になっているらしい。僕じゃない人がそこにいて、ほんとうにそれは全然違う人で、その人には別のたしかな記憶があって、もちろん今、僕には僕の記憶があるんだけど、その人にも記憶があって、しかもその人といっても、同じ人じゃない、人間じゃないようなときも何度もあった。その人がなにかを言おうとしているがなかなか言葉にはならない、見たまんまを書こうと思っても、書くときになると、それは僕の姿で、書くのはいつも僕だった。僕は言葉を知っているからだ。その人、もう人なのかわからない、でも顔がある、顔があってなにかを見ている、君はそこにいることに疑いがない。僕のほうがそわそわしていた。僕にはなにから手をつけたらいいかわからないってのはない。僕はただ書くだけだからだ。僕が書きたいわけでもない。その人が書きたいわけでもなかった。その人はべつになにか伝えたいことがあるわけでもないのだ。いつもそうやってそこにいるんだから。そこにいてなんの疑問も持たずに、時間を過ごしている。そこは、時間が流れているのか、僕は観察できるわけじゃないけど、質問することはできた。だから、ここにはぼくが質問したことも書いている。でも、そこは暑いですか?と聞いても、暑いってなに? と言葉が通じないから、ぼくと君はいまここで初めて会っている。そして、その人と会えるのはこのときだけで、もうぼくは君と会っているんだと思う。同じ人だと思っていたら君だった、しかも何人も移り変わっていた、ということがしばしばある。だから、僕は君の言葉と確定して書くことはできない。僕の気持ちはいつもあやふやでぼんやりとしている。でもその瞬間はいつもはっきりしていて、でもそれがなにかを意味することはなく、なにかの暗示でも隠された意味もなく、ただいつも風景が広がっていた。蝉の声が聞こえるがそれは今の朝の音だ。それと今僕がいる場所は少し変わっている。音が消えたりするわけじゃない。僕の意識はどこにも行ってないし、電話がかかって来ればすぐに出る。でも僕は自分の体が器

みたいなもので中身は空っぽなんじゃなくていくつも道があったり、道とは言えないような茂みだったり水のなかにいる。水のなかにいるときでも苦しくない。じゃ水のなかにいるわけじゃないと僕は思う。当たり前だ。でも実際は水のなかにいる。そう考えることが多くなった。

もともとは違っていた。これは僕の妄想、なんの足しにもならない思いつきですらない、ただ通り過ぎていくものだった、しかもそれは今も変わっていない、今も通りすぎて、意味を確認することなく、でもとめどなく、この世界もとめどない、どこかが切れているわけでない。それと同じように、僕はどこも切れ目のない、それぞれの人の記憶のなかにいた。息苦しさもなければ、安心することもなく、ただ僕は自分のことをはっきりと感じる。僕は自分が少しずつ溶けていくような感触を感じるたびに、自分の輪郭みたいなものがはっきりしていくのを感じている。これは今の話だ。僕は首から上だけ地面から突き出ているような感触だったが、あくまでもこれは君が感じているだけで、実際は姿はなく、誰もなにもしゃべっていないし、その人はすでに死んでいた。死んでいてもべつに変わることはなく、考えることもできるし、今から急にどこかに向かうこともできる。足も動く。足はないかもしれないけど移動するのはラクだった。ちょっと変なことを言っているようだが、べつに不思議でもなんでもなく、きっと誰でもできることだ。

「頭上」

黒い穴の向こうから
こちらがわの波の
上の駅からあふれた人々
とんぼは静止してる
水が流れ　空き缶の穴
夕焼け　金色の光が
電車にさしこむ
いくつかの青　いつかのこと
スニーカーの色

細やかによみがえる
体にはねかえる
帰り道　力抜けた
けたはずれの圧力
帰り道　力抜けた
白い鳥がそこらじゅうに
緑道の記憶　水面の上
地面の波紋　傘を売る人
新聞には昨日のこと
今歩く人　馬の姿　地中の息
見る前に見て
聞かずに奏でた
姿あらわす音たち

私はまだ死んでなくて、生きている。昨日だって、ずっと寝ていた。雨に濡れた長細い草が、太ももにくっついている。土と思って払おうとしたら、飛び上がって逃げていった。私は葉っぱを集めて、雨宿りできる寝床をつくり、歩くのに疲れるといつもそこで寝た。棚に並んでいた本は燃えて灰になり、地面の上で湿っている。800歳の木の根っこがこの道のずっと先に生えていて、今も燻っていて、虫たちが食い散らかした無数の穴からは煙が漏れ出てくるから、時間が流れているのがわかる。

私は煙を見ると、いつも晴れている日を思い出す。しばらく太陽とは会っていない。

寝すぎているだけかもしれない。目が衰えたのか。遠くを見てもぼんやりとしている。それなのに、手元はくっきりしている、指先に光が差し込む日もある。木の名前はすべて忘れてしまった。車椅子は自分で分解した。工具なら、お地蔵さんが雨宿りしている小屋のなかに、誰でも自由に使うことができた。どれも錆びていたが、私は丸石で研いだ。

金属をほしがっている人間もいる。彼らが人間だと確認してはいない。まだ誰とも話したことがない。私は言葉を知らないわけじゃなかった。周辺の物た

ちのことならみんな知っている。名前を忘れてしまっているだけだ。違う世界にきたわけでもない。どこも以前の私とつながりがある。私はここにやってきたわけじゃない。ここは私から漏れ出ていて、私はどこにでも歩いていくことができた。足は丈夫だった。切り傷はたくさんあった。血が流れても、しばらく歩いていると止まっていた。痛みだって残っている。それでも行きたいところに、どこまでも歩いていけることが私はうれしかった。私は起きると、何時だろうと、顔を洗って、皮膚についた泥や虫を払って、すぐに動き出した。

ヒュルンと短い鳴き声が聞こえた。

イシトビの鳴き声だ。イシトビは空にぶつかるとそのまま姿を消す。あれはどこに行ったのだろうか。私はしばらく考えていて、湿った曇り空を見ている。蛍光灯のあかりが灯っている。何人か人間が横になっている。あれもみんな死んでしまった人たちだろうか。私は一人ひとりを確認しながら、体をさわり、顔をなでた。私は彼らの世話をしている。知り合いというわけではない。決まりもなにもないから、何時頃に行くかも伝えていない。彼らと話せたらいいのにと思う。水汲みが私の仕事で、食べ物までは見つけてあげることができない。キノコみたいなものなら、いくらでもあるが、私はこの森のなかでなにかを採集しようという気になれないでいた。どれかひとつでも触ると、飛び上がって走り出す。私は追いかけるだけで精一杯で、それ以外のことは考えられなかった。また疲れてきた。すぐに疲れた。長い時間、私は知らない場所で、ずっと昔からやっている仕事に専念した。水を汲み、金属を叩いてつくった器に注いで、少しずつ人々に水を飲ませる。ここは病院なのか。私は病院にいた。私は誰かに治療されていた。私は歩けなかった。今は全然違う世界にいる。私はどこまでも歩いていける。植物と話すこともできる。言葉は口から出ないのに、体のなかでは毎日、水が湧くように、時間が過ぎていった。

誰も雨宿りの方法を知らないで、風邪を引いてばかりいた。寒そうにしていると、私はすぐ根っこのところに行って、細い枝でも拾って、燻る穴のなかに突っ込む。猿みたいに見えていたと思う。猿が勘違いして近寄ってくることもあった。喋ったりするわけじゃない。私の声はどこまでも歩いていける。私は声のなかにいても、迷ったりすることはなかった。私は迷わない。目ははっきりと見えていた。どこの道を進めばいいか、考え込んだりしたことは一度もありませ

ん。私はそうやって目を覚まし、体を動かし、ここまで歩いてきました。だから、道ならいつでも教えてあげることはできます。そこを歩くことが皆さんができないだけで、本来であれば、私たちはどこまでも見ることができるはずですし、火なんか怖がったりもしなかった。皮膚のどこかが燃えてもいいじゃないですか。私はそうやって声をかけていた。誰も喋らないから、私の声はきっと他の生き物たちが聞いている。そんなとき、いつもイシトビが私を呼ぶように鳴く。姿は見えないのに、音だけが聞こえて、私は追いかけることもしない。空に穴が空いた。私はそのときいつも体がラクになる。浮かんでいるわけじゃない。私は直接手を伸ばして触っている。指先の感触がある。枝に火がついた。人間たちはみんな怖がって、茂みのなかに潜んでいる。私はスキップでもしながら、高い声で歌をうたった。なんにも知らないのに、どこに水が流れているのを見つけるのが得意だ。私は歩いていれば、いろんなものを見つけることができた。動物たちが私を頼りにしているのかもしれない。それでもいいやと思っている。人間たちが誰も私のことに気づかなくても、気づいてくれる動物たちとは話せるんだから、問題はないと私は自分に言い聞かせている。ここはどこだ、と人間たちが聞いてくる。彼らはいつも場所のことを聞いてくる。どこかに行こうとはしない。今いる場所のことが気になるようだ。私はそれが不思議だった。また疲れたから寝よう。乾燥した空を見ると、私はいつも夢を見ているんだと思うようになった。

#02

海まですぐ近くだからいつもそこにあると思っていた海がなくなってしまったと気づいてからは、自分がこれまで過ごしてきた記憶が本当なのかずっと考えている。

#03

　おれはもうだめなのかもしれない、もうだめというかもともと自分はなにかをやろうとも思ってない。

ずっとそこにいるわけじゃなかったのに、こんな状態になったのはなんでだろうかと、何度か思い出そうとしたが、思い出すのはいつも別の人の記憶で、それは自分がしたことじゃなかった。

この島に来てから、どうもおかしいのは、自分がなにを考えているのかわからなくなったことだ。じゃあ、その前に、わかっていたことはあるのかと考えると、それを思い出すことはできない。だからもともと、なにもわからなかった。不思議なもので、いったいなにを考えているんだろうかと。

#04（苦しみの最中）

地面がない。足がふらついている。足がない。足だと思っていたものは、まったく違う乗り物で、僕は動いていた。自動的に動いていて、僕はどこに向かうのかわからない。僕は、自分が、この乗り物に乗ったことを覚えていない。僕が知っているのは、ある男からの声で、男は僕のことを知っていた。僕はその男のことを知っているのかはわからない。男は僕に向かって、これからはじまることは、おれはすべて知っている。これから時間がやってくる、と言った。

時間ってなんだろうと僕は思った。僕はずっと長い間、違う場所にいて、そこはいつも雨が降っていたのだが、決して寒くはなく、腹も空かなかった。だから、僕はのうのうとしていられたわけだ。僕は一日中、なにかをしていたが、常に違うことをしていたが、僕は、それをはっきりと覚えていない。どこかですっかり忘れてしまったのか、この乗り物に乗ってから忘れてたのかはっきりしないが、男がいたのは覚えているんだから、その場所を突き止めたらいいわけだ。

男がいたのは草原で、男は金属できた銀色のベンチに座っていた。体は曲がっていて、男はトカゲみたいだと僕は思った。トカゲを一度も見たことがないときにそんなことを思ったのだから、きっとそれは嘘で、僕は、今、自分が記憶をもとに、話をつくりだしていることに気づいている。しかし、そのままでは僕は壊れてしまいそうだったので、あんまりはっきりと状況を確認しないようにした。確認すると、いつもわからないことばかりだからだ。

今、かなり、苦しいのだが、それは息ができないからか、なんなのか、僕は、自分の体が悲鳴をあげているのに気づいているが、外から見たら、なに不自由なく歩いているただの一人の人間だったはずだ。ここには人間がいないから、たったひとりだって、貴重である。だから、僕は、自分の命までは粗末にするつもりはなかった。

すごい状態で、僕はこの状態に耐えることができない。どういう状態なのかを言葉にすることができるんだろうか。僕は自分の状況を説明してみたいと思った。僕にもわからないのだから、僕がわかりたいわけだ。説明といっても誰かに説明したいわけでもない。僕がひとりでこまってしまっている。そこで自分に今の状況を知らせることを目的とした、行動をとってみようと思った。

僕は、まず、自分の素の状態について、わかっていることはあるのか。

僕は、ほとんどなにかを発しようとしていない。発信もなければ、受信もない。なにも感じない。なにも感動しない。なにも心が動くことがない。それは本当なのか、それなら、なぜこうして生きれているのかわからない。だから、行動をしてきたはずだ。でもその行動の記憶がない。行動をした記憶はあるが、行動をどのような気持ちでやったのかの記憶がない。僕はとんでもない状態なのだが、このままではまずいとだけは理解できるのだが、そして、こんなことを描いていても、きっとうまく行かないのもわかる。じゃあ、それ以外にどうすればいいんだ。誰かと会って話したりしてみたらいいのか。僕はどうしても、自分がこの苦しみから抜け出せないと思っている。でも抜け出したいと思っている。僕は、実感がない。原稿を書こうと思っても、まず書きたいことがない。書きたくないわけじゃない。書きたいとすら思っている。でも、僕はそうやって生き延びてきた記憶はあるのに、いつも、わからない状態で、いつもどうしたらわからない、と苦しんでしまう。でも、これもいつものことで、早く受け入れたらいいのに、と思う。この不安とはずっと死ぬまでいっしょにいるんだろうから、それと同居して生きていくことを早くあきらめて欲しいと思うが、そのままじゃなにもできないので、うっちゃるように、僕は万能感を感じている自分を生み出すんだろうと思う。それくらい、僕にはなにか表現したいものがあるわけじゃない。でも、苦しいから、どうにかしないと、死んでしまいそうだから、なんとかやっているだけだ、それのなにが悪い、なにも悪くないし、そうやって生まれているものがか

たちになって、それを人が読んでいるのだから、それでいいじゃないかと思うが、僕の本心はそう思っていない。僕の本心は、僕が、平穏を感じることだ。平穏と充実は常に僕にとっては同じなんだと思う。だから、今は、仕事が終わり、忙しい日々が終わり、休憩中なのだが、それでも、僕は、このなにも次にやることが決まっていない状態が苦しいということだけなんだろうか。このなんとも言いようがないことがある。これをどうにか外に出したいと思うのだが、それがいったいなんなのかを研究することができないのは苦しすぎて、そこからどうにか逃げることしか考えていないからだろう。こうやって書くことも、外に出しているように見えて、そうではない。僕は、このことを表現してみたい、いったいなんなのか、わからないわけで、どうやって、生きているのかわからない、なにかを描こうとすることはできるけど、落ち着いていられない。落ち着いていられないけど、つくり続けることはできる。そういう状態ということだろうか。それでもいいんじゃないか。それでもいいんだし、それだったらなんとか生きていけるはずなんだから、やってみたらいいと思う。でも、とにかく苦しい。これはどうしたらいいのか。

なにが苦しいのかの実験をしてみたい。

どういう実験か。まずは、なにもせずに５分間、そのままにして、目をつぶって過ごせるかの実験である。かつ、そのときになにを感じたのかを観察してみたらいいんだろうか。僕の問題は、ひとりでずっと仕事をしているからこうなってしまったのではないか、と思っているが、僕がやろうとしていることはひとりでやっていくことだし、それ以外に僕ができる方法はないように思えたからだし、じゃあ、それなら別の方法があるのかと考えても、別の方法はない。でも、また別のときはこのように時間がある状態で、自分が関心を持っていることに、集中できることは、ありがたいと思いながら、作業を続けているときもたしかにあるんだとは思う。でも、基本的に、僕は今のような状態なのではないか。なにをしたらいいのかわからない、なにに関心があるのかもわからない、でも、なにかをやらないと、とんでもない状態になる、じゃあ、どうするかってこと。じゃあ、どうするのかを考えてみる、

叫びたいような気持ちである。どうしたらいいのかわからないのだから、なんでこんなことをやっているのかもわからない。叫びたい、僕はラクになりた

いとばかり考えているが、そんな状態になってどうするんだろうか。僕は気が遠くならずに、過ごせる日を心待ちにしているが、そんな状態がやってくるだろうか。おそらく、明日も明後日も同じ状態なのではないか。明日も明後日も僕は、苦しんでいて、どうしたらいいかわからず、落ち着かない日々を送るんだろう。それなら、僕はこの今の状態を自分にとっての普通である、と捉えてみようと思う。これは自分にとって当然のことだ。だから、不平不満を言わない、この状態が、僕にとっての生きるってことで、ほかの状態はありえない。このまったくなににも関心がない状態こそが、自分の状態であり、それ以外に方法はない。それなら、なにか関心がモテるものがないかどうかを探すだけで、それ以外に方法はない。ずっと苦しい、それでも良し、苦しいと思えることこそが、生きているってことなんだから、それ以外に道はない、と受け入れて、あきらめて、この状態を許したらどうか。僕はこの状態をゆるさないでいるから苦しいのかもしれない。この状態で、体をつかまれているような状態、でも、それがなにかを書きたいとは思うし、こうやって、なにかを書きたいとずっと思っていることはたしかで、毎日毎日変わるといいながら、僕のこの苦しい状態はなにも変わらない。これはとても不思議なことだと思う。僕のなかで唯一、変わらないことがある。気が遠くなること、生きていることがしんどいこと、とにかく言葉にすることができないほど苦しいと感じていること。これはずっと変わらない。他に集中することができないくらい苦しい。そして、このことについてはどこまでも書くことができるし、とにかくどこまでも知りたいと思っているし、僕がいちばん知りたいと思っていることでもある。つまり、僕にとっての真理みたいなものともうすでに僕は出会っている可能性がある。僕は自分が無茶苦茶苦しいということに向き合っている。この苦しみがなくなったらどうするんだろうか。逆にびっくりして、どうしようもできなくなるんじゃないか。

興味深い状態でもある。もちろん、ときどきは『お金の学校』とか『躁鬱大学』とか『土になる』みたいに迷いなく書きつづけることができる、仕事もあるはずだ。でも、たいてい僕は苦しい。僕はなにをしたらいいのかわからない状態で過ごしている。絵を描いても、わけはわからないし、どうしたらいいのかもわからない。しかし、それが僕だ。それが僕の仕事で、その仕事のなにがいいのかわからないが、それでも苦しいのが僕である。とにかくそれを自分の力で、自

分のなかで完全に受け入れる。完全にあきらめる。これを治そうとするのではなく、なぜなら、その気分ととにかくずっと付き合ってきたからで、ここから抜け出そうとするのではなく、この状態のまま、この状態をなにも変えずに、苦しいまま、でも、今日は今日なりに、楽しく過ごすこと、苦しいままに楽しむこと、苦しいママに充実すること、苦しさに倒されることなく、苦しいことを酸素だと思って、この状態のまま、生きていくと決めること、それしかできないし、それだったら、できるわけだ。僕は記憶が残らない、僕は経験したことがなかなか身に入らない、でもこういうことも僕の判断でしかない。実際はわからないのだ。僕はその前にすぐに決めつけてしまう。苦しいと決めつけてしまう。しかし、苦しいのかもどうかわからないわけである。そう考えていく。体自体はしっかりと生きているはずだ。だから、ここまでやってきた。だから、調子が悪いとか苦しいとかそういうことを飛び越えて、その状態のまま、とにかく、作業は続けていく、それでどうだろうか。

では、その状態で、どうやって、今日１日を楽しく過ごすかを実験してみよう。

まず人と会うことを恐れているが、これはなにを恐れているのか。今日も畑に行ったにもかかわらず、人がいたので、そのまま通りすぎてきてしまった。人に会うと、僕は自分が苦しんでいるところを見られたくないと思ってしまうので、なぜ見られたくないんだろうか。週末にあるイベントだってそうだ。自分が苦しいのは当然で、苦しいのが、日常だと捉えるとしたら、べつに気にすることはないはずである。もちろん、それが変化するからこまる。でも、このことに関してはずっとなにか書けるなと思う。それはひとつのヒントではあると思う。でも、面白くないと思うし、なにか悩みすぎでもあると思う。でも、これが今の僕の完全に正直なところで、それ以外にはない。ほらもう10枚書き終わっている。

書き終わったあと、朝ごはんをつくって、ゲンが自転車に乗りたいというので、今日もいっしょに自転車に乗って、そのときはどうにか、死にたい衝動からは離れるのだが、それも長くは続かず、帰ってきたら、ズドンと落ちた。とにかく疲れているだけなんだろうか。しかし、作品をつくろうとはしているみたいだし、どうにかそうやって切り抜けてきたんだから、実行してみたらいい、でも、そうやって、少しは体がラクになったことなどなくて、いつも僕は、こうやって、なに

かに押しつぶされてしまう。どんどん重たいものが落ちてくる。どうやって、書いていくのかわからないけど、書くことが好きなのかどうかもわからない。たぶん好きではない。でも、ほかにやれることがない。趣味がない、というのとも違うんだと思う。いろいろと興味を持ってくれているのに、それをすべて台なしにしてしまう思考回路がある。その思考回路のせいで、いつもたいへんなことになってしまう。だから、どうにかしたいのに、今もそうだ、どうにかしたい、それで、書くことで、作品をつくることで、それをどうにか反転させたい、しかし、ことはうまく進まない、だいたい失敗してしまう。たいてい僕はどうにか数時間、それで執筆することに集中して、今もたしかに集中することはできていると思う、ところが、集中しているのは、書いているという行為だけで、書いている内容なんかもうどうでもよくなっていて、本当にどうしたらいいのかわからない、この死にそうな状態はいったいなんなのか、この状態がいったいなんなのかわからないのに、毎日襲ってきて、そりゃみんなもいろいろ悩んだりはすると思う。だから、僕もそのうちのひとりで、今、なにかに悩んでいるんだ、と思って探そうとするのだけど、自分の問題はよくわからない。なにか、問題が発生しているわけでもない、そうじゃないのに、自分のことを破壊しようとする力がすごくて、それがすごすぎて、僕は、どうにか、破壊するのを避けている。そのことに集中している。僕はどうにか、作品をつくり続けるしかないんだと思うけど、そこで実践していることはすべて不毛で、僕は、本当に、その不毛な戦いをずっと続けている。解決することもなく、癒されることもなく、充実することもなく、なにかが生み出されるわけでもない。僕が物語などに入り込めないのは、こういうことが理由なんだと思う。本当にこの状態は狂っていると思う。こうやって、僕を破壊させようとして、いったい体はなにがしたいのか、そのことが気になるが、体のことが全然わからない、体の状態と、和解したほうがいい、僕は頭で考えすぎるんだと思う、ずっと考えてしまっていて、ずっと不安になっている。しかし、今、思うのは、僕は、今、書いていて、もしかしたら、少しラクなのかもしれない。今、苦しい状態ではあるが、それでも、なんというかまだましなような気がしている。ましな気がする。

きついことをきついとしか書けないけど、これ自体を書くことはできるのはたしかで、それは書ける、それ以外は書けない。でも、これでは作品にならない、

だから、こういうことを書かせるんだろう、僕は作品にしようとしている、でも、書くことは作品ではないんだろう。書くということ、その行為自体が大事なのに、僕は作品にしようとしてしまうからおかしくなってしまうのか、楽しくないから書かないとかそういうことじゃないんだろうか。僕は不安すぎて、ほかの人の本とかをゆっくり読むことができない。不安が強すぎて、そうなってしまう。うまく人に伝えることもできないけど、でも、この、不毛としか思えない原稿のなかから道を見つけるしかないんだと思うし、たしかに、調子がよくなったときには、こういう原稿は一行も書けなくなってしまうのだから、それならば、やるしかないのかもしれない、僕はこうやって、やっていくしかないし、これは僕にしかできないことなのかもしれないけど、こんなことを書いても、本当にしかたがないなとは思う。しかたがないと思うけど、少しずつ考えていこう。僕は外に出ることができない、できないわけではない、最近変わってきているかもしれない。少しくらいなら、出ることはできる、そして、人と話すこともできる、しかし、多くは家のなかで作業をしていたい。そして、変わらないのはこの苦しみで、この苦しみはじつはたいへんかもしれないが、たいへんだからこそ、僕はここにつなぎとめられているわけで、じつは、この苦しみがなくなったら、僕はやらなくなるのかもしれない。苦しいから、やるわけで、苦しいから、それを跳ね返したり、そういう時間と付き合うために、つくることをする必要があるので、やるしかなくなる。だから、じつはやることをこれで義務づけられるので、もちろん、人にはおすすめできないし、とても褒められたものではないが、苦しいがために、僕は、今もつくり続けていて、小説だってそれで生まれているんだと思う。だからほんと、もう人前には出なければいいんだし、ずっとつくっていたらいいのである。でもときどきはラクになるし、それでラクになったときにしかできないものや書けないものもあるのだが、今、考えていることをただ外に出すという書き方しかできないんだと思う。それでいいんだし、それしかできないんだから、でもそれができるんだし、それなら、ずっと休まずに眠れそうになるまで続けることができる、それはたしかだ、どこまでもそれができる、今日は、どこまでもそれをやってみたらどうかと思っている、どうにかして、ここで時間を過ごすのである、それ以外に時間が過ごせないんだったら、これで時間を過ごしてみたらいいではないか、これなら、どこまでも時間を過ごすことはできるんだ

から、絵だってそうだ、絵ならどこまでも時間を過ごすことができる。音楽はどうか、音楽だって、時間を過ごすためなら、どんだけでもつくることができるような気がする。そういうふうに僕の苦しい状態は実はつくる上ではとても、有益なのかもしれない。もしくはそのためにしか、もう僕の力は使われていないのかもしれない。だから、僕は、スランプなんかではまったくなく、どこまでも、使えるとは思えないけど、書くことは止まることなく、書けているんだから、これはこれでひとつのなにかの力ではあるんだと思う。でも、まったく使い物にはならない力、でも僕が時間を過ごすことができる唯一の方法だということもできるかもしれない。たしかにそれはそうだ。バカみたいに、書けるんだから、バカみたいに書いてみたらいいのである。書くだけでなく、絵もあるし、音楽だってあるんだから、なんだって、やってみたらいいのである、と今は思えているが、これもまた変わってしまうんだろうか。この苦しさはじつは大事なのかもしれない、簡単になくなってしまってはいけないものだったのかもしれない、簡単になくなってしまえと僕が思っているかぎり、力は強くなっていくのかもしれない。たしかに、この苦しみにしたがって書いている今は体はキツくなくて、体としてはどうやらスムーズらしい、それを僕が反乱しているからおかしくなっているんだろうか、反乱しようとしているのは僕のほうかもしれない、僕の力を緩めようとすればいいのか、僕が治ろうとする力を弱めたらいいのか、これが病だと思い込みすぎているのか、僕はこの苦しみだと思っているものに、別の名前をつけたほうがいいのだろうか。これはなにかの力であることはたしかで、しかも、それはつくることとつながることもたしかで、つくるための力なのかもしれない。もう今日は９時に眠る直前までやってみたらいいじゃないか、もうなにも気にせずにやってみたらいいじゃないか、ある程度、満足できるまでやり切らないと、それを僕は外に出す、人前に出るみたいな力ばかり使っていたのかもしれない。僕はつくる力に今引き戻されている、しかし、いったい、なにをつくるのか、自信がないとか、口にしようとするとまたへんになる、そういうことでもない、とにかくつくる、下手だろうがなんだろうが、それを自分で否定してもなんでもよくて、べつにそんなことは力はかまわない、力は僕を気にしない、力はいつも僕の考えていることを放っていく。たしかに、こうやって考えるとたしかにつくり続けることはできるのかもしれない、僕は自分が調子が悪いんだから、力が

働いているんだから、それはつらいことだったんだけど、じつはこの力のおかげで、僕はいつまでもやり続けることができる、どんなに気が遠くなっても、こういうことなら書き続けることはできる。これが面白いとか面白くないとかもどこかに行ってしまう、これはただの力で、良し悪しからかけ離れている、力だけは働いているんだから、そのことは忘れないようにしよう。どこに向かうのかわからないけど、力が働いているんだから、力の好きにさせてみよう、たしかに僕は文章も絵も音楽もほかの人の作品に関心を持つことができない。それはできないくらい、自分に力が働いているからで、もうしかたがない、そこはあきらめてもいいんじゃないか、それだと薄っぺらい人生が待ち受けていると思っているが、それもあきらめて、薄っぺらく、それでも行動をいっさい止めないことだけはできるんじゃないか、そのことに今、気づいている。だから、それはそれでいいことで、これは面白いのかもしれないとすら、今思っているのはたしかなことだ。力が働いている、それが苦しい、と思っていたわけだ、しかし、実際は苦しいのは、その力の働きに背こうとしているからではないか、だから、苦しいのではないか、体はなにを求めているのかをもっとはっきり知ったらいいいんじゃないか、僕はなにかが書けるとは思わないけど、いつまでも書き続けることはできるし、そのなかからなにか、ひとつでも面白いものが浮かんできたら、ありがたいってことじゃないか、僕は時間を過ごせないのではなく、書くこと、つくることで時間を過ごそうとしているのに、それじゃいやだと、そっぽを向いていただけなのかもしれない。ここはひとつ面と向かって、ガツンと向き合ってみたらいいのかもしれない、そうすれば、なにかが変わるのかもしれない、それがこの力の時間である、力の時間を書いてみたらいい、今、それが働いている。この力の時間に身を任せることができたら、もしかしたら、すごくラクなのかもしれない。なぜなら、僕はこの力が働くってことだけは、生まれてから、ほとんど変わらず、襲ってきているからだ、この力だけは毎日、飽きずに、やってくる、力は止まることを知らない、いつまでも枯れない。

苦しさとはなにか、という問題について、僕は考えようとしている。そんなおおげさなことでもないけど、僕にとってはとても重要な考え方だ。苦しさを感じる、僕が感じている苦しさとはいったい、どのようなものなのか、はっきり言うと、僕は言葉にできるかどうかわからない。この苦しさについて研究し、その奥に

力が見つかっている、そして、その力によって、僕は今この文章を書いているし、この力はちょっとやそっとでは消えそうではなく、一生消えそうでもない、なにが起きても消えずに、ずっと、燻り、燃えている、僕はこの力を欠点だと思っている、でも、この力は欠点でも、病気でもなんでもないのかもしれない。

まず、僕は時間に押しつぶされそうである。時間のことをとても強く感じる。普段はそこまで感じていないようなことまで感じる。時間が遅く感じる。時間が少しも過ぎ去ってくれない、40歳代にでもなれば、あっというまに、時間が過ぎ去っていくみたいなことを人は言うが、僕はそう感じることができない、いつまで経っても時間が過ぎていかない、だから、どうにも退屈してつらい、と僕は思っていた、なにかつくろうと思っても、つくることはできないし、なにか描こうと思っても苦しいし、書こうとしても苦しい、と、いつも、僕は時間が過ごせない、と嘆いていた。今もそうなのであるが。

そして、僕はついつい連続して、あることが起きると、なにかを読むと、人と話すと、自分の劣っているところを見つけ出し、詳細に見つけ出し、それをひとつずつ、検証してしまう、検証自体は適当だと思うけど、それでもやめようとしない。これも毎日やることで、いつまでも止まらないことだ、で、これも力と見立てを変えるとどうなるか、

不思議なことはとにかく、今書いているこの文章は止まっていない、ということだ。検証も止まらないけれど、文章も止まらない、つまり、僕が自分の劣っているところを見つけ出す行為は、書く題材を見つけようとしていると考えられるかもしれない。僕はどうにかして、どんな状態であっても、この状態を書こうとしているのかもしれない。こうやって、考えたことがじつはこれまで一度もなかった。とにかく虚しい、って思うことばかりだが、そのときは虚しさについて書くときなのである。今は苦しいんだから、苦しさについて書こうとしていたわけだ、でも、結局は苦しさについて書こうとしていたが、実際は苦しさではなく、これは逆で力のことを書こうとしている。

で、今、確認すると、ずっとこまっていた、体のコリがなくなっている。

今、苦しいと感じているかと考えると、苦しさではあるかもしれないが、力でもあると思えている。そして、指に力が入ってきた。

小休止——。

僕は、自分が感じている苦しみが、いったい、どんなものなのか、そして、それはほかの人には理解ができるのか伝わるのか、それがなかなかわからなかった。関心がまったくないと感じている今の状況だが、この苦しみに対する関心は存在しているような気がする。僕は今、苦しみについてなら、なにかインスピレーションを得た書物のように書くことができるし、それを僕は読みたいと思う。僕が書いた苦しみの本を僕が読んでも、なにも感じないだろうが、誰かの苦しみの詳細を、僕は読みたいと思う。それが苦しいときに僕が必死に探していることでもある。僕は『ベケット伝』で、ベケットがどれだけ苦しんでいるかを読んでいると、なぜか少し体がラクになるし、トーマス・メレの躁鬱病の鬱期に苦しんでいる様子の文章を読んでいると、少しだけ気が晴れる。つまり、僕はこのことには関心があって、このことになら今、集中することができる。たしかに今は少しだけ気がラクになっている。方向性が少し見えたことで、ラクになっているんだろうと思う。堂々巡りが本当に苦しいからだ。これを書いてどうなる、とかは、わからないし、いつもつまらない原稿を書いてばかりで、どうするのだ、と思っていたけれど、じつは苦しみについての、実況中継をした本というのは、存在してないのではないかと思った。それを僕は書けるような気がした。だから、今はかすかにうれしいと感じている。苦しいのは変わらないのか、苦しいことも変わっている。苦しみはこうやって、ずっと苦しいだけじゃなくて、違う視点、別の角度からみることができたとき、少しだけラクになる。もちろん、これも長くは続かないし、たぶんまた苦しくなるんだと思う、でも、そのときはまた書けばいいわけで、2000枚くらいの苦しみの実況の本を書いてみたらどうかと、思った。これは橙書店の久子ちゃんに、苦しんではいるが、原稿は書いていると伝えたら、その原稿を1回読ませて、送ってごらんと言われてからはじまっている。久子ちゃんはこの苦しみを感じたことはないとは言えないまでも、ここまで持続しないらしい。僕の苦しみは、程度は人と同じくらいなのかもしれないが、なんといっても長く、しつこく粘り気がある。もちろん、これはあまりにも面白くないから出版されないから、仕事だと思えないんだろうが、これは僕の正直な記録であり、そのときに感じたこととしては、少しも飾ってい

ない、嘘を書いていない。もちろん、感じすぎで、苦しみすぎなのではあるが、どうしても僕の場合は頭から離れない。さっと離して、気分転換でもすればいいのに、それがまったくできない。とにかく僕の苦しみは持続力がすごい。とにかく持続するし、延々と終わらない。不思議なことに、苦しみがなくなって、緩むと、自然とこの原稿もなかなか書けなくなる。書くスピードがかわる。でも楽になったのなら、楽になったで、いい。それはうれしいことだ。しかし、この仕事を進めていく上では寂しくもある。苦しさがないと、このようにリアルな描写はやはりできないのである。これは小説にすることはできない。これは僕が嘘をできるだけつかずに、正直に実況中継するってことが大事だ。

苦しみについて書くってなんと不毛なことだと思ってもいるが、そして、僕はここまで苦しんでいるってことを表明するのが恥ずかしい。43歳にもなって、僕はまだ子どものようにここまで悩み続けている。でも、どうにかそれを書くということで、価値が転換しないかと願ってもいる。たまにはこの苦しみにもなにかがあると思いたい、それくらい、一度、この苦しみにさいなまれはじめると、僕の精神状態は焼け野原と化す。焼きつくされる。今はどうか、熱はなく焼け野原ではあるけれど、そこを歩くことはできるような気がする。こういうときはこういうときの、やることがあるはずだ。なぜなら、今は少し体調は楽ではあるが、かといって、現実生活に戻れるかというと、少し難しいような気がしているからだ。この仕事に集中することで、時間を過ごしていたほうがいいような気がする。でも、さっき、途中で、執筆を止めて、またゲンと自転車に乗って、古城堀公園まで行った。ゲンにも感謝である。息子も息子なりに僕のことを助けようとしてくれているんだと思う。僕が遊んであげることができない、とかよく悩むのだが、そんなことじゃなく、助けようとしてくれているのはゲンのほうであり、ゲンは僕が苦しんでいることも、口にせずともわかっているんだろう。

苦しみについて書いてある本ってなにもないじゃないかと思っていたが、キルケゴールの死に至る病はもしかしたらそうなのではないか、と思った。僕は読んだことがない。

そこで本を買って読んでみることにした。

#05(少しラクになっている)

○今の状態

体がとんでもなく凝っている。

今感じているのは左肩の奥のほう、そこから首にかけて、さらに左肩から背中に伸びていく凝り。とにかく苦しみを感じているとき、僕は体全身が凝っているような感覚になる。ラクになると、つまり、今、少しだけラクなのであるが、そうすると、今度は凝りが緩和する。体を誰かにつかまれているようになる。あと、頭の内側に冷や汗をかいているような状態になり、脳みそがしゅわしゅわしている。なにも考えることはできない。焦点を別の方向に向けようとすると、さらにしゅわしゅわしてきて、うまくいかない。どうしてもこの苦しみのほうにいなさい、と誰かに言われているような気がするが、声が聞こえているわけではない、だから、自分でそうやっているんだと思う。気分転換でもすればいいのに、と言われるのだが、気分転換が全くできない。ずっと貧乏ゆすりをしている。なにかに焦っている。焦っていることはたしかにわかるのだが、なにに焦っているのかはわからない。仕事をしなくちゃいけない、と思っているんだろうか、しかし、仕事をどれだけしても、原稿を10枚書いても、許してくれない、自分に厳しい人なのだろうか、そうとも思えないのだが、自分に厳しいとか完璧主義だとか言われることがある。でも、そんなことではないと僕は感じている。僕もそこまで自分を痛めつけたいわけじゃない。今日だって、一度も、自分のことを悪く言わないようにしていたつもりだ。実際に悪く言わなかったと思う。でも、なぜか焦るのである。この焦りとはいったいなんなのか。まずは焦りがある。でも焦りだけじゃなくて、苦しみの反応はいくつもある、いくつもあって、それが次々と手を替え品を替え襲ってくるもんだから、こちらは混乱してくる。混乱すると、苦しみは隙を見つけたとばかりに、さらに攻めてくる、こうなると、僕はもうお手上げだ。なにも抵抗できなくなってしまう。

今はその苦しみのまっただなかじゃないので、うまく書くことができない。臨場感がないと思う。僕は、振り返りながら、それを思い出しながら書くことしかできない。それでもこういうときに書いておくのは、自分のためのメモにはなる

と思う。だから、今の状態で感じていることを、また全部書いてみておくということはきっと、意味があるはずだ。どう苦しいと感じたかを、今覚えていることを書き記しておこう。不思議なことに、この間、2、3時間くらいしか経過していない。それでもさっきは苦しみのまっただなか、今はそこまでひどくはない、という状態で、ふたつにわかれていて、僕自身も分かれているような気がする。数時間前の自分とは違う気がする。また襲ってくるということを前提として、書いていこう。今までの僕は治った瞬間に、もう治ったと思っていた、もう治ったし、もう二度とここまで苦しまないぞ、と思っていた。しかし、そうではない、1日の間に、何度もこの状態を繰り返す。そのことをこちらは早めに、自分から待ち受けておくことにしよう。その状態に入ったら、すぐに書斎に戻ってきて、その状態を書き記す。不安なときにでも、やることはあるわけだ。不安なときに、蜂の巣にされるばかりじゃない方法を見出すこと。そうしないと、僕は死んでしまいそうだった。

今は死にたいとは思っていない。しかし、数時間前までは死にたいと思っていた。僕は妻に死ぬしかないと思ってしまっていることを伝えた。それも今日の話だ。子どもたちは別の部屋でテレビを見ている。僕は彼らに申し訳ない気持ちを持っている。妻は申し訳ないと思う必要はない、調子が悪いときはそういうときだし、そうじゃないときは、ちゃんといっしょに過ごしているし、彼らも楽しんでいるからいいんじゃないのと呑気に言っているように聞こえる。なにがそこまで苦しいのかなかなかわからないとも、よく言われる。どうにか僕は苦しさを伝えたいと思うのだが、どうにかしてでもわかってほしいと思っている、わかるはずがないのもわかるし、わかったところで、僕の苦しみはへることがないとも思っているが、それでも、なんとかして、どう苦しいのかを言語化してみたいと思うのである。やればやるほど、こじらせてしまいそうな不安もあるから、がんじがらめ、矛盾が常に横行している。余計に苦しくなるくらいだったら、やめておけばいいのに、でも、やめたと思って、横になったとしても、決して休むことはできない。しかし、こんな辛気臭い文章を書いて、どうするんだ、と思っていた。今はそこまでは思っていない。もしかしたら、面白くなるのかもしれないとすら考えている。友人からは、あなただけが苦しいんじゃないのよ、みんな口にはしないけど、と言われて、申し訳ない気持ちになったし、自分だけ

苦しい苦しいと嘆いていて、みっともないと感じた。しかし、それでもきついことはたしかで、それはどうしても歩くことも、立っているだけでもしんどいくらいの苦しみなので、もう助けてくれと叫ぶしかないのである。しかし、どうやっても助からないのもわかっている。また決めつけている。決めつけないようにしたい。今回も書きながら、ラクになったんだから。とにかく、ぜったいにもう二度とラクにはなれないと決めつけている。今、少しでもラクになれたんだから、覚えておいてほしい。しかし、苦しいときの自分はどうやら、今の自分とは違う状態にあるらしい。完全に二分化しているわけではないと思うのは、今もつらいと感じたことを覚えているからで、そして、調子が完全によくなったときには、この記憶自体が完全に消えてしまう。なぜ死にたいと思ったのか、まったく理解ができなくなる。僕は解離しているのだろうか。しかし、苦しんでいるときの自分のこともその姿は記憶している。それが自分の姿だということもわかっている。だから、現実の目で見たことについてはある程度、記憶しているし、つながっているんだと思う。でも、あきらかに、死にたいと思っているときの自分と、今の比較的ラクだと感じているときの、真んなか寄りの自分と、調子がよくなって、万能感に浸っている時の自分は完全に分断している。現実の世界の記憶だけはあるので、つながりがあるように感じる。

○今日感じた苦しみ

不思議なことは苦しいはずなのに、体も動きにくいはずなのに、僕は、自動的にとすら言えるほど書けることである、もうなにか考えたり、うまいこと、言い方を見つけ出すみたいなことはまったくできないが、指は自動的に動く、今の状態を速記することはできるようだ。それはアンリ・ミショーのメスカリン摂取の実験をしているときと、なにか近いものがあるかもしれないと思った。ドゥルーズが書くニーチェにも、なにか読んでいて、楽になる部分があった。

> 「『読むことができない！ 書くこともめったにできない！ 誰一人訪れることもなく、音楽を聴くことさえ叶わぬ！」1880年に彼は自分の状態を次のように書いている。「苦痛が絶え間ないのです。毎日何時間にもわたって船酔いに似た嫌な感覚が続き、なかば身体が麻痺してい

るせいで言葉がうまく話せません。そして、それを忘れさせるのは、狂ったような発作だけなのです。(この前の発作の時、私は三日三晩吐き続けました。死を渇望したほどでした…)。こうした絶え間のない苦しみをせめてあなたに書き知らせることでもできたら、と思います。頭や眼を途切れることなく責め苛む痛み、頭の天辺から足の爪先まで麻痺したような嫌な印象をせめてお知らせできたら、と』

病いは思考する主体にとって一つの動機とはならない。だが、ましてや思考にとって一個の対象となることもないのである。むしろ、病いはある同一の個人のうちで、ある種の秘かな間主観性を構成しているのである。健康の価値評価としての病い、病いの価値評価としての健康な時間、ニーチェの行った『転倒』とか『視角の移し替え』とはこのようなものであり、そこに彼は自分の方法の本質部分を認めている。

健康から病へと、病いから健康へと移り変わる可動性、たとえそれがイデーの水準においてのみの動きであろうととにかくこの可動性そのものが、『大いなる健康』の徴しなのである。だからこそニーチェは最後まで「私は病人の正反対である。実は私はきわめて健康なのだ」と言い続けることができたのである。」

(「ニーチェ」ジル・ドゥルーズ/湯浅博雄訳)

僕は創造的なことを読みながら求めているのではなくて、自分の苦しみに近いものがどこかにないかと思って読んで、近しいものを見つけると、少しだけほっとしている。解決したいというよりも、今の状態でもいい、今の状態でもじつはなにか可能性がある、みたいなことを感じたいと思っている。もっと僕は創造的に本を読みたいと思う。でも、僕もまた本を読むことができない、自分のこの苦しみと関係のあること以外の文章を読むと、気が遠くなっていく。気が遠くなっていく、この感覚も、人からは理解ができないとよく言われることだ。でも、僕のなかにはずっとある感覚で、気が遠くなるとはいったいなにかという

ことも書いてみたいと思う。ニーチェよりはましかもしれない、と思いたいのだろうか。自分より酷い人を見ると、少しほっとしている。この文章もそうなるのか、僕よりもましだと思って、人が楽になるってこともあるのかもしれない。少なくとも僕はそうなのだ。

自殺をしたいとは思っているが、自殺をしようとしたことは一度もない。死のうとはしていない。ただ死にたいだけである。寿命が訪れたらうれしいと思っているが、それも本当は怪しいと思っている。どこかで、自分はいつかラクになる、なりたい、今のこの状態からは抜けでることができるはずだ、と思っている。

結論が、苦しみが一時的に抜けた状態では、苦しいのまっただなかの状態を書くことができない。つまり、苦しい状態も、ひとつなにかできることがあるのである。それはその状態を経験しているってことで、この状態は経験しているその最中でないと書き記すことができない。振り返っても、すべて思い出になってしまう。つまり、本当に苦しいことはなかなか言葉にできない。苦しい最中ですら、本当に苦しいことは書くことができない。それがこの文章を書くなかで、一瞬でも書けたらいいなと思う。不思議な感触がある。今、僕はラクになっているから、それはいいことのように思うが、なにか物足りなさを感じてもいるような気がする。苦しさを求めたら、また、あのたいへんな時間が迫ってくる。たしかに、今は普通に、自分が思っているところの時間が、流れている気がする。1時間の時間が、30分の時間が、流れている気がする。遅いとは感じていない。苦しいときとはまったくの別物である。だから、体の反応が違うのかもしれない。しかし、なんというか、体力がないのかあるのかわからない、こんなことを繰り返して、なにが楽しいのかと思う。でも、好きこのんでやっているわけでもない。やってくるんだから、しかたがない。でも、そのときに、ちゃんとかたちを、言葉を捕まえてみたい、と思えるようになったのは、ひとつ前進しているのかもしれない。前進しているなんてことは苦しみの最中では1秒も感じられない。すべて爆弾が投下されて、すべて一網打尽となる。焼け野原になる。しかし、今は草が生えている。風が吹いている。そこを歩くことができている。雨が止んでいる。だからこそ、僕として、つまらない、とも思う。書けないの

が、つらいとも思う。取材をしたい。夢をもう１回見るような気持ちにも近い。あのときの経験をあのときのままに書いてみたい。思い出しながら書きたくない。今は今の状態を書くしかないということなんだと思う。今を書く、という実験なのかもしれない。そのときにしか書けないものを、絶望している状態で、書く練習。なんのための練習かわからないが、それは僕が躁状態になって、土と戯れているままそこで感じたことをそのまま書いた、『土になる』という本のもうひとつの側面、苦しみになるってことだと思う。できるかわからないが夕方の空、雲がすごい色でびっくりした。

書けると思ったら、苦しみを書けない。

もう二度と書けないかもしれない、と思ったときにしか、書けないものがあることがわかった。

二度と書けないかもしれないと思っても悲観しないでいい、と今は思えるのだろうが、そのときは、まったく思えない。